Aussi loin que possible

Éric Pessan

Aussi loin que possible

l'école des loisirs
11, rue de Sèvres, Paris 6e

Loi n° 49.956 du 16 juillet 1949 sur les publications
destinées à la jeunesse : septembre 2015
Dépôt légal : janvier 2019

ISBN 978-2-211-23994-3

Pour Mélio

Ça a commencé comme ça :

Je compte jusqu'à trois, a crié Tony,

un,

on s'est accroupis tous les deux, comme en cours de sport quand on pratique la course de vitesse,

deux,

les jambes tendues comme des ressorts, les mains au sol, la tête relevée,

trois,

et on s'est élancés, le plus vite possible, Tony et moi, à en perdre haleine,

on a couru droit devant,

comme des fous,

sans économiser nos efforts,

pour savoir lequel était le plus rapide,

comme des malades,

on a couru,

le vent sifflait à nos oreilles, giflait nos visages,

couru,
sans s'arrêter,
ou presque,
on a couru pendant des jours,
aussi loin que possible.

Avec Tony, on n'avait rien prémédité. Ce n'était pas un complot ou une chose prévue longtemps à l'avance. Les gens ne veulent pas nous croire, ils ouvrent de grands yeux ou sourient en coin. Ils affichent un air sérieux, froncent les sourcils. Parfois, ils se mettent en colère, nous demandent si on les prend pour des imbéciles.

Et pourtant, c'est la vérité.

On a compté jusqu'à trois, on est partis, et on a couru droit devant, et c'est tout ce qu'il y a à dire.

Ce n'est pas un mensonge.

C'est ce que l'on a répété aux journalistes, à nos parents, aux policiers.

Si on avait réfléchi, si on s'était concertés, si on avait pensé une seconde à ce que l'on allait faire, l'hésitation nous aurait certainement coupé les jambes.

Alors, on répond la vérité. On répond que c'était un jeu.

Une compétition entre nous deux.

On voulait savoir.

Lequel allait craquer en premier, lequel allait s'essouffler, lequel allait renoncer.

Mensonge, crient les gens.

En fait, non, ce n'est pas vrai. On n'essayait même pas de savoir qui allait gagner. On courait, voilà tout. Mais – apparemment – personne ne veut l'entendre, personne ne peut le comprendre.

On courait.

Antoine et Tony, les fugueurs marathoniens, ont titré les journaux.

Notre histoire a fait le tour du pays, on a été célèbres le temps d'une ou deux journées, puis un avion est tombé, une entreprise a fermé, un scandale politique a éclaté, et les gens nous ont oubliés.

Sur notre course joyeuse, il a été dit tant de choses. Les journalistes en ont fait un symbole. Sur nos épaules ils ont cousu des dossards, ils ont inventé et raconté notre histoire à notre place. Une pincée d'émotion, un message politique, de la force, de la conviction, on est devenus les personnages d'un roman.

Deux jeunes garçons courent pour le droit de grandir et d'étudier en France.

Avec Tony, on a laissé dire. Et j'avoue que j'étais soulagé : tout ce tapage allait servir à quelque chose, et pas simplement à m'éviter de me faire dérouiller par mon père.

Les véritables raisons de notre course, on ne les a pas comprises sur le moment. Parfois, on fait des choses sans réfléchir et on en voit le sens bien plus tard.

Notre histoire, j'ai envie de la raconter maintenant. Pas pour rétablir la vérité, juste parce qu'en définitive il s'agit d'une très belle histoire.

Alors c'est parti : l'espace s'ouvre à notre passage, l'air gonfle nos poumons. On est invincibles, on file et nos pieds claquent de joie sur le bitume. On court comme on éclate de rire, comme on envoie balader une mauvaise pensée, comme on s'approche du bord de la piscine l'été pour se jeter en avant les bras grands ouverts vers la fraîcheur. On court dans le bonheur de l'instant.

LE PREMIER JOUR

Trois, crie Tony. L'histoire commence à ce moment-là : celui où je m'élance. Je crois bien que je suis plus rapide au départ. Je gère bien l'impulsion, je bondis sur mes jambes, j'ai un bon mètre d'avance durant les deux ou trois premières secondes de la course. Je vais lui montrer qui est le plus fort, il sera obligé de le reconnaître.

Nous sommes au bas de l'immeuble, celui qui domine la cité avec ses dix-huit étages et son ascenseur puant la cuisine, la transpiration, le renfermé ou le nettoyant ménager. Quand tout débute, nous nous trouvons dans le petit parc, celui où un jardinier a reçu une bouteille sur la tête l'an dernier. Une bouteille de bière lancée de la terrasse. Le parc est désert, ce matin. Les enfants sont à l'école, les jeunes au collège ou au lycée, les adultes au travail ou à moitié endormis devant leur télé, ou au centre commercial du Val Enchanté tout proche. C'est lundi, un lundi ordinaire, j'ai croisé Tony dans le hall, j'ai compris à son visage qu'il s'est encore passé quelque chose de grave, mais je n'ai pas posé de questions.

Tony sait que – s'il le veut – il peut me confier ses soucis. Ce n'est pas moi qui vais tenter de le faire parler. D'ailleurs, je n'y arriverais pas. On ne force pas ses amis à révéler ce qu'ils souhaitent taire. S'ils ont envie de raconter, alors on se rend disponible et on les écoute.

Je ne sais plus ce que l'on s'est dit ce jour-là. On sort, on lève les yeux, le printemps s'installe, il fait frais encore, il ne risque pas de pleuvoir, les nuages s'espacent. De grands pans de ciel bleu apparaissent au-dessus des immeubles.

Tony prend la direction du parc qui est à l'opposé de celle du collège. Il jette son sac à dos avec ses affaires de cours dans un buisson. Il me regarde,

peut-être que ses yeux brillent,
peut-être qu'il a pleuré,
je ne peux pas le jurer,
j'ai oublié.

Par curiosité, je glisse mon cartable à côté du

sien. Ce n'est pas la première fois que ce buisson nous sert de cachette.

Il sourit.

Il crie qu'il va compter jusqu'à trois.

Et c'est tout.

On court jusqu'au parking. Je garde mon avance. Je ne me suis pas préparé à l'effort, j'ai les poumons en feu. Je n'ose pas ralentir pour savoir si Tony me rattrape ou non. Aucune voiture ne circule sur la route, je traverse en un éclair et je m'élance dans l'allée qui franchit la cité.

Au bruit de mes pas s'ajoute l'écho des pas de Tony. J'entends son souffle, le froissement de ses vêtements. Il n'est qu'à quelques centimètres de moi, je n'ai pas besoin de le voir pour le savoir. Brusque, je bifurque à droite sur le trottoir presque désert : deux ou trois personnes au loin, des gens qui vont à pied au centre commercial, une vieille dame avec un cabas à roulettes. Tony pousse un petit rire, il prend un virage plus serré que moi. Du coin de l'œil, je devine sa silhouette. Il remonte, il est quasiment à ma hauteur. On file droit devant, j'aperçois ma chance : un type se tient immobile sur le trottoir, il fume une cigarette, il se trouve presque en face d'un lampadaire.

Un seul coureur pourra se faufiler dans l'espace restant. En accélérant, je passerai le premier, Tony sera obligé de ralentir.

Je fonce.

Mes poumons brûlent. On court depuis une petite minute, je donne tout ce que je peux.

La cité file tout autour, gommée par la vitesse, comme en voiture : si on regarde à travers le pare-brise, on ne se rend pas compte de la vitesse, tandis que si on regarde à droite ou à gauche, le paysage devient flou.

Je vais gagner la course.

Je déglutis, j'avale des flammes, j'ai peur d'avoir subitement un point de côté. Je reprends la tête. Je frôle l'homme à la cigarette. Surpris par mon passage, il sursaute en poussant un tout petit cri aigu, et j'entends Tony en pousser un autre. Je souris, je sais que je vais gagner, je ralentis légèrement l'allure pour économiser mes forces. J'ai sans doute deux bons mètres d'avance.

On arrive en bordure de notre quartier. Devant nous, un grand parking, puis une route à quatre voies derrière une haie touffue et poussiéreuse. Au-delà commence la zone commerciale.

Je ralentis encore et Tony me double. Mon cœur bat si fort qu'il m'assourdit, je ne l'ai pas entendu arriver. Il pousse un hurlement entre le rire et la rage et il bondit vers le parking. J'ai le temps de voir son sourire, ses cheveux blonds mi-longs volent sur sa nuque. La course n'est pas finie. Je beugle à mon tour et je le suis.

Cela fait sans doute trois minutes que nous courons.

Je ne me retourne pas pour jeter un œil à la cité, je connais par cœur son plan en arc de cercle, le parc, l'allée, les voitures garées partout, les quatre hauts immeubles et la petite dizaine de ceux qui ne dépassent pas les quatre étages, les murs blanchâtres, les balcons colorés depuis la réhabilitation, comme si mettre de la couleur sur les façades transformait quoi que ce soit à la vie des gens qui habitent ici. Je pourrais dessiner la cité les yeux fermés, je suis né ici, j'ai grandi ici, j'ai rêvé ici, j'ai fait mes premiers pas sur ce parking. C'est ici que j'ai déchiré mes pantalons en m'obstinant à dessiner des figures avec mon skate.

À vive allure, nous traversons le vaste parking. Tony contourne par la droite un bloc de voitures garées, je bifurque à gauche. Je manque de souffle. Je vois que lui aussi a du mal à conserver sa vitesse. On a brûlé nos énergies en partant trop vite, on a tout donné comme au cent mètres, mais la course se transforme en marathon. Il faut que l'on ralentisse encore. Cheveux au vent, Tony arrive tout au fond du parking, là où une bande de pelouse sert de toilettes aux chiens. Je crois qu'il va tourner dans l'un ou l'autre sens, voire rebrousser chemin ou carrément s'arrêter et éclater de rire en fanfaronnant sur sa victoire.

Mais non.

Il se jette dans la haie et disparaît.

J'en reste une microseconde éberlué et, sans hésiter, je le pourchasse.

Les feuilles me frôlent, une branche m'écorche l'oreille droite, je sens une tension au niveau de ma manche droite, je tire, elle se libère avec un petit bruit d'étoffe déchirée. On débouche en bordure de la voie rapide qui rejoint le périphérique dans un sens et la zone commerciale dans l'autre.

Tony est courbé en deux, les mains sur ses cuisses, il respire fort. Je l'imite. Cela fait six ou sept minutes que l'on court comme des fous, lui et moi. Mon cœur s'est installé dans mes oreilles, il joue du tam-tam, l'air est trop pâteux pour être respiré sans effort. J'ai un léger tournis. Je souris, Tony sourit. Je vois des feuilles accrochées à la capuche de son sweat noir. On relève ensemble la tête vers la route : un camion passe, suivi d'une fourgonnette, suivie d'une voiture blanche, suivie d'une noire, et c'est le calme. Il n'y a plus de véhicule avant vingt bonnes secondes. Tony s'élance, je m'élance. On ralentit en atteignant le terre-plein central, on laisse passer un poids lourd, puis une et deux et trois voitures, quelqu'un nous klaxonne et on file jusqu'à l'autre côté. L'air est alourdi de gaz d'échappement, on peine à respirer du plomb. D'un même mouvement on saute par-dessus le rail de la bordure de sécurité. Un autre klaxon nous insulte en passant. L'herbe du bas-côté est jonchée de paquets de cigarettes, de canettes, de papiers gras, de prospectus, de saletés diverses que les gens balancent par la fenêtre ouverte de leur véhicule. Une forme sur ma gauche, grouillante de mouches, je ne prends pas la peine de vérifier s'il s'agit d'un chat, d'un petit chien ou d'un renard. Tony se glisse dans une brèche du grillage de la zone commerciale, je passe à sa suite. Comme je me baisse, mon sang se fige un instant, l'éraflure à mon oreille me lance, la tête me tourne. Je me relève vite. Le malaise disparaît aussi rapidement qu'il est apparu. Une pensée se forme dans mon esprit, une pensée lumineuse et évidente et joyeuse : j'ai la certitude que je peux encore courir des heures.

Tony s'élance vers le magasin le plus proche, je le rejoins.

Il se laisse rattraper. On avance lentement maintenant, on a adopté le rythme du marathon, finis les sprints.

Cela fait dix minutes que l'on court. La cité s'éloigne, ce lundi matin vient de basculer dans l'inconnu. On n'a rien prémédité, rien comploté.

On a nos baskets aux pieds, nos survêtements souples, nos forces.

Tony a sa tristesse. J'ai ma colère.

On ne va plus rebrousser chemin.

Encombrée de bâtiments longs comme des cargos, la zone commerciale est bordée de parkings s'enchaînant les uns aux autres, hérissée de hauts lampadaires où des chiffres géants sont fixés pour permettre aux conducteurs de mémoriser l'emplacement de leur voiture. Monotone, interminable, plantée sur un sol gris où ne pousse aucune herbe, fardée de façades en tôles criardes faussement joyeuses, elle est un espace de non-vie, stérile et bétonné. Vue du ciel, la zone commerciale du Val Enchanté est une injure au paysage. Les magasins rivalisent de gigantisme et de clinquant, l'un d'eux contient une fausse forêt tropicale en plastique que l'on survole sur les escalators. Au Val Enchanté, on peut tout acheter à condition d'en avoir les moyens.

Avançant au petit trot, on respire un air épaissi, empuanti lui aussi de gaz d'échappement.

On slalome entre les gens aux mines tristes

poussant des chariots, les voitures manœuvrant pour se garer ou quitter leur stationnement, les pitoyables bordures d'arbustes rachitiques ceinturant les commerces. On passe sous le regard à peine étonné des consommateurs, en évitant les merdes de chien, les flaques poisseuses et les bordures en béton.

La pensée que les gens ici ne sont plus des êtres humains mais seulement des consommateurs m'encombre un moment, puis j'économise mon souffle et je parviens à purger mon crâne. Plus rien ne me parasite, je suis concentré sur ma course.

Contaminé par la logique qui veut que deux adolescents en pantalon de survêtement et sweat-shirt = deux délinquants potentiels, un vigile nous jette un regard noir. On file à l'arrière du supermarché, directement sur le parking du magasin de meubles, puis sur celui du magasin de surgelés, puis sur celui de l'autre magasin de meubles, puis sur celui du soldeur, puis sur celui du magasin d'articles de sport, puis sur celui du magasin de literie. Le monde n'est plus qu'une enfilade de grandes surfaces, de logos, d'enseignes au néon, d'affiches, de promotions, de soldes et d'offres spéciales. Je lis celle-ci : « Au Val Enchanté, consommer devient un enchantement », et je cesse de lire. La puanteur d'un garage spécialisé dans les changements de pneus et les vidanges sans rendez-vous nous fait accélérer. Au-delà du périphérique qui borde les parkings, le Zénith se dresse. Qui a eu l'idée de mettre une salle de spectacle entre deux supermarchés ? Peut-être n'était-ce pas une volonté politique de rapprocher la consommation et la culture, peut-être était-ce le seul terrain disponible ? Peut-être était-ce parce qu'il était justement possible de garer sa voiture ici ? Le Zénith, je n'y suis jamais entré. Mes parents ne veulent pas. Ou plutôt : mon père n'a pas envie de venir me chercher le soir, à la fin d'un concert, et ma mère n'a pas d'avis. Ma mère, une fois que mon père a parlé, si elle a un avis, elle le garde soigneusement pour elle.

Essoufflé, je regarde Tony. Il est tendu, il inspire de petites goulées comme on nous apprend en cours de sport. Deux inspirations rapides pour une expiration plus longue. Ses yeux ne brillent plus. Il me parlera lorsqu'il en aura besoin, ou lorsque le poids des mots sera tellement lourd qu'il n'aura plus la force de maintenir sa bouche fermée.

On s'échappe du cours normal de nos vies, comme ces rivières après la pluie qui quittent leur lit pour inonder les champs alentour.

Je me marre soudainement, je n'arrive pas à ne pas cogiter, c'est l'un de mes problèmes, j'ai toujours des idées bizarres qui me traversent l'esprit.

Quoi ? demande Tony.

Rien, je réponds, *j'imagine que nous sommes deux rivières*.

Tony n'ajoute rien, depuis le temps que l'on se connaît, il a l'habitude de m'entendre dire des trucs sans queue ni tête.

Deux rivières qui coulent loin du collège, loin de leur classe, loin du cours tout tracé de leur vie.

Deux rivières de treize ans qui se laissent entraîner le long d'une nouvelle pente.

Plus tard, je me suis dit que, sans la zone commerciale, nous nous serions peut-être arrêtés.

Voilà ce que j'aurais pu déclarer pour notre défense.

Si la cité avait été construite à côté d'une forêt, nous aurions cessé de courir pour nous promener en respirant le grand air et en contemplant la beauté des arbres.

Là, encerclés par les magasins, rien ne pouvait nous donner envie de stopper.

La laideur, parfois, on ne la supporte plus.

Courir, même entre deux hangars, dans l'air alourdi de gaz carbonique et de plomb, voilà ce qui nous rendait joyeux. Simplement croire en nos jambes. Fuir au loin.

Alors on a couru.

Et comme la zone commerciale était immense, on a couru très longtemps.

Le ciel, ce matin, a plus d'attrait que le plafond d'une salle de cours.

À un moment donné, j'ai réalisé que nous serions en retard, et j'ai chassé cette idée. Je crois bien que j'ai ri, et Tony – entendant mon rire – a ri à son tour.

On rate une heure d'histoire-géo. On rate un possible contrôle. On gagne la joie de l'instant. On ira penauds à la vie scolaire faire signer un billet de retard. Tony, sans doute, le montrera à ses parents. Moi, je ferai comme d'habitude : j'imiterai la signature de mon père. Je préfère risquer de recevoir une gifle s'il se rend compte un jour que j'ai contrefait sa signature qu'être certain de m'en prendre une si je lui montre le billet. En trichant, j'ai une chance sur deux. En étant sincère, je perds à tous les coups.

Le pion se moquera sans doute un peu de nous. Comme on est toujours ensemble, et que l'on porte des dérivés du même prénom, les surveillants nous surnomment les *Tonio*. Ce n'est pas la première fois que l'on arrive en retard. Et comme ni Tony ni moi ne sommes de mauvais élèves, on s'en tire toujours plutôt bien. Une seule fois la CPE nous a convoqués, l'un après l'autre, pour nous expliquer que bien travailler est une chose, mais que la discipline doit être respectée.

Nous avançons plus lentement. La zone commerciale n'a qu'un seul intérêt : l'espace entre les bâtiments est si vaste que l'on peut voir très loin. Le ciel est immense, d'un bleu intense, parcouru de nuages moutonneux. Difficile de croire qu'au-delà des milliards d'étoiles brillent jusqu'à l'infini. On respire profondément et on court dans la lumière. Une fois par an, le collège organise un cross : un parcours qui mène jusqu'au jardin des plantes du centre-ville. Les premiers font la boucle en une heure trente, les derniers mettent trois heures – s'ils n'abandonnent pas en route. J'aime le rythme de la course d'endurance, bien plus que celui de la course de vitesse : contrôler le souffle, lancer une jambe, puis l'autre, accompagner le balancement du corps par les contrepoids des bras, aller droit devant, garder toujours de l'énergie en réserve. J'y arrive bien mieux qu'en donnant tout en quelques secondes pour être le plus rapide.

Lorsque la salive s'accumule trop dans ma bouche, je crache. Les yeux me piquent un peu, et j'ignore si c'est l'air qui frappe mon visage ou la simple joie.

On est deux animaux,

on a ouvert une porte, sans savoir pourquoi ni comment,

on court de peur qu'elle ne se referme.

Deux inspirations.

Au-delà de la zone commerciale commence la zone industrielle. Le bitume n'en finit donc jamais, seuls la tôle et l'aluminium crèvent sa surface. Çà et là poussent la fleur d'un abribus, la tige d'un lampadaire ou un buisson de panneaux publicitaires. Et encore des parkings. Nos pieds rendent un son sec et mat. Les vibrations parcourent nos colonnes vertébrales. À la longue, courir est une lutte contre ce qui nous environne.

Une expiration.

Je m'accroche au rythme de nos pas, je n'écoute

plus que le heurt de nos semelles et l'écho que rendent certains entrepôts. J'oublie le grondement continu du périphérique, j'oublie les moteurs, j'oublie les accélérations et les freinages, j'oublie les sifflements plus aigus des motos. Insensiblement, je me suis mis à compter mes pas. Je m'emmêle vers deux cent quatre-vingts, je reprends à zéro, je respire, je regarde filer les façades, je vois si peu d'êtres humains, je vois des voitures qui roulent, des fenêtres allumées, des bus qui passent, mais où sont les hommes et les femmes ? Il n'y a plus que Tony et moi, deux évadés, deux survivants.

Deux inspirations.

On avance.

Des machines martèlent du métal, des chiens aboient.

L'air ne brûle plus mes poumons. Je me suis habitué à la course. J'ai perdu la notion du temps, je décide au hasard que nous courons depuis une demi-heure. Nous n'avons pas simplement raté le premier cours, nous raterons le suivant, celui de maths. Et si cela continue, on va louper les arts plastiques, l'entière matinée de classe et la cohue du midi pour passer dans les premiers à la cantine.

On est déjà marqués absents. La vie scolaire va – à un moment ou un autre – contacter nos parents pour signaler deux chaises vides en quatrième C, Tony et moi.

Et j'arrête là.

Je jure que je ne pense plus une seconde au futur, à ce qui se passera dans une heure, dans deux heures, ce midi.

Je reprends mon compte.

Une expiration.

Un pas.

Deux pas.

Trois pas.

Quatre pas.

Cinq pas.

Un moment, on doit s'arrêter, contempler le défilé des poids lourds, le vacarme mécanique. En contrebas, le périphérique extérieur. Tonnerre de métaux. Quatre voies, des barrières, du haut grillage, des plantes tristes et épineuses sur les bordures, des plantes sélectionnées pour leur aptitude à pousser sur une terre hostile et pauvre, des plantes qui survivraient à la fin du monde. Et les éternels rejets du passage des hommes : le carton pourrissant, le papier en lambeaux, les plastiques qui mettront des siècles à se dégrader en poussières stériles, les débris de verre, l'aluminium des canettes écrasées et délavées qui restera figé dans le sol lorsque le dernier chauffeur du dernier camion sera mort de vieillesse depuis cent ans.

Un léger vertige me saisit. Mon cœur se remet à battre fort. Du vent frais s'engouffre dans la tranchée profonde de la route. J'ai froid, je réalise que je suis en sueur, ma transpiration sèche en me glaçant les os.

Ici, encore plus qu'ailleurs, ça pue. L'air est quasiment irrespirable. Brusquement, je me souviens que j'ai laissé ma Ventoline dans mon sac. Asthme occasionnel, a diagnostiqué l'allergologue. Je réagis aux acariens, aux graminées, aux poussières. Je sais que je n'ai pas vraiment besoin d'avoir mon flacon avec moi. Cela doit faire trois ou quatre mois que je n'en ai pas respiré une bouffée. Pourtant, sa présence me rassure. Je garde toujours le médicament au fond de mon sac à dos. Une seule fois dans ma vie je me suis étouffé. Je n'arrivais plus du tout à respirer. C'était un matin, un dimanche matin, j'inspirais en grand et mes poumons ne s'ouvraient pas, ils sifflaient et j'avais mal à la tête. Mon père s'est habillé en une minute, il m'a conduit aux urgences, où l'on m'a placé sous respirateur.

J'ai attendu deux heures. Mon père a quitté l'hôpital pour mieux garer sa voiture laissée sur un trottoir, il est revenu une demi-heure après, furieux, une contravention à la main. Il a discuté avec les internes, a exigé de parler à un responsable, il trouvait inconcevable qu'un hôpital ne dispose pas d'un parking pour ses urgences, il criait dans les couloirs que la prochaine fois il laisserait crever son gosse ou qu'il appellerait les pompiers.

Noir.

Je chasse le souvenir.

Je n'ai pas besoin de Ventoline.

Ma respiration siffle parce que je suis essoufflé.

Je ferme les yeux.

Antoine ?

Tony m'appelle, me demande si je vais bien.

Oui, ça va, oui, c'est sans doute la course ou la pollution.

Tony me montre un espace vert sur la gauche, une zone laissée en friche qui descend à hauteur du périphérique.

On repart en trottinant calmement. Ça va déjà mieux. L'air circule, entre en moi, gonfle mes poumons, s'émiette en minuscules molécules, traverse les alvéoles, glisse jusque dans mon sang. L'air baigne mon corps, oxygène mon cerveau. L'air souffle sur ma peur et la dissipe.

En prenant garde de ne pas mettre nos pieds n'importe où, nous rejoignons le terrain vague. La pente ne présente pas une trop grosse difficulté. De nouveau je vois le cadavre d'un animal au pied d'un pylône. Un chat à moitié rongé par la vermine. Il sourit de toutes ses dents comme pour s'excuser de ne plus avoir de regard.

Tony est devant, je ne sais pas s'il voit les mêmes choses que moi, s'il s'attarde aux mêmes détails.

Il pousse un petit cri de joie : un tunnel passe sous la route. Il ne ralentit pas, il disparaît d'un coup, mangé par l'ombre. Et je saute à sa suite. Au début, le tunnel paraît sombre, puis mes yeux s'habituent et je vois la lumière à l'autre bout. L'écho de nos pas se répercute sur sa paroi cylindrique. Je me demande s'il a été creusé pour permettre le passage des hommes ou celui des animaux. Et je me demande aussitôt quels animaux vivent encore dans la puanteur bruyante des villes. Je repense au sourire du chat, je chasse l'image – le pelage en lambeaux s'effilochant sur l'os du crâne –, et déjà la lumière m'aveugle.

On a quitté la première ceinture de la ville, on est dans un parc qui entoure une grande salle des fêtes. Je connais cet endroit. Il y a plus loin une ancienne carrière. Elle a servi de décharge autrefois. Pendant des années, tout et n'importe quoi a été balancé sans que personne s'en inquiète.

Depuis, les ordures ont été enlevées, le sol gratté. Je me souviens d'être venu ici avec ma classe en primaire. L'institutrice nous avait raconté que des déchets toxiques avaient été entreposés en plein air, qu'il avait fallu décontaminer le sol.

Un étang artificiel est aménagé là où s'ouvrait le cratère de la carrière. La baignade est interdite, par endroits l'eau atteint trente mètres de profondeur.

Tony sautille sur place en attendant que je le rejoigne. Il tend son poignet à hauteur de mon visage. Les aiguilles de sa montre m'apprennent que l'on court depuis une heure. Je souris.

Sans attendre, je bondis sur le talus et prends la direction de l'ancienne carrière. Tony me traite pour rire et se lance à ma poursuite.

Il est devenu évident que nous n'irons pas en cours aujourd'hui. J'enjambe une glissière de sécurité, je pense à mon père, à ma mère. Si le collège a déjà appelé, ils n'auront pas le message avant ce soir. Sauf si la secrétaire les a joints sur leurs portables. Je secoue la tête pour faire fuir la peur. J'aimerais détacher les idées qui m'encombrent. Les semer comme des cailloux blancs dans une forêt. Oublier le futur. Ne pas imaginer le visage furieux de mon père. Puis, de nouveau, je cesse de penser. On court jusqu'à un étang aux rives jonchées de détritus. L'eau verdâtre est assez transparente pour que je puisse voir croupir une mobylette. On court le long de la route. On court jusqu'au centre de la ville qui se trouve de l'autre côté du périphérique. On boit longtemps dans les toilettes publiques situées derrière la mairie.

Et enfin on se parle – non pas de ce que l'on

est en train de faire, ni de ce que diront nos parents, ou de la tête des amis, ou des sanctions du collège –, on se parle parce qu'on a un problème à régler : celui du fleuve. À pied, si on avance par la rive nord, il ne sera plus possible de le traverser. Aucun pont jusqu'à l'océan, à l'exception de celui d'une ville portuaire. Mais, dans mon souvenir, il est très haut et parcouru par une voie express. Les piétons doivent être interdits. Si on se dirige vers le nord, on ne pourra plus redescendre, on sera obligés de continuer vers la Bretagne.

Tony m'écoute, il marche à mes côtés, attend que je conclue pour reprendre sa course. Si on veut descendre vers le sud, j'ajoute, il y a un bac dans la ville suivante, un bac pour les voitures mais que les piétons peuvent prendre gratuitement. Je le sais, j'ai déjà fait cette traversée quand j'allais au centre de loisirs les mercredis après-midi.

Alors ?

Sud ou nord ?

Tony me dit qu'il s'en fiche. Puis il me regarde. Et il comprend. J'ai déjà parlé avec lui de la ville où mon grand-père maternel habitait.

Sud, il dit.

Sud, je réponds, et j'ai des images de Bordeaux en tête. *Suis-moi*, j'ajoute. Et on reprend notre course pour rejoindre le fleuve.

Tony se montre d'une redoutable efficacité. Je suis soufflé par son sang-froid. Il entre dans l'épicerie, il choisit deux paquets de gâteaux, des chips, une bouteille de soda et jaillit sur le trottoir, le tout en moins de trente secondes. On détale comme des fous. Dans notre dos un homme crie, nous ordonne de revenir, et comme on n'obéit pas l'homme nous insulte, mais il ne tente pas de nous suivre, on est bien trop rapides pour lui.

On quitte la ville avant d'oser ralentir.

Alentour s'étendent des lotissements, de grandes maisons qui se veulent toutes différentes et qui finissent par se ressembler. Des jardins bien entretenus, des haies taillées, des arbres sans aucune branche morte, des pelouses tondues récemment. Des façades impeccables et des portails qui s'ouvrent avec une télécommande. Parfois, une sculpture imitant une Diane romaine. Du mauvais goût clinquant.

On court très très lentement en mangeant les biscuits. Les cheveux de Tony collent à son cou. J'ai un problème de sueur : ma coupe en brosse ne retient pas la transpiration, une goutte acide coule de temps en temps dans mes yeux.

Les bruits massifs et graves de la ville sont derrière nous. On entend maintenant les oiseaux, le froissement des feuilles sur les branches, une tondeuse à gazon au loin.

On voit ce monde tellement différent du nôtre. Les colonnes de part et d'autre des porches, les baies vitrées latérales. Une nature paysagée, artificielle. En dehors d'une rare voiture de temps en temps, rien ne bouge.

Deux heures que nous sommes partis.

C'est quoi, deux heures ? Un cours d'histoire-géo, un cours de maths. Bientôt, un cours d'arts plastiques. Une matinée, un minuscule bout de vie où rien ne se produit, où rien ne se passe. Combien de fois ai-je perdu deux heures sans m'en rendre compte ?

S'il y a vraiment eu contrôle en histoire-géo, je m'excuserai et demanderai à le repasser. Avec Tony, on se maintient dans les moyennes hautes de la classe. Pas de réelle indiscipline, pas d'heures de colle, de simples avertissements à cause de nos retards répétés. Je réalise combien j'ai été sage jusqu'à ce jour. Comme dans un jeu vidéo, je vois la réserve des points de vie dans un coin de ma tête : elle est garnie à 100 %. Je possède un stock de conneries à faire. Je souris. Je peux bien piocher un peu là-dedans. J'ai de la marge. Au pire, on repassera dans le bureau de la CPE et on reviendra un mercredi après-midi au collège avec un devoir à faire.

Un sprint et je reprends la tête. Les oiseaux invisibles commentent notre course. J'ai remplacé deux heures banales de ma vie par deux heures magnifiques.

Une route avance, parallèle au fleuve. Des marécages et des zones inondables empêchent de l'approcher réellement. On reprend le rythme marathon, Tony devant et moi juste derrière, même si c'est moi qui connais le chemin et qui donne les indications. Mes poumons sifflent un peu, j'ai très chaud, les jambes du pantalon de survêtement collent à mes cuisses. Heureusement que ni Tony ni moi n'avons mis un jean ce matin, nous n'aurions pas pu courir aussi vite.

Manger m'a redonné des forces. On garde les chips et le reste de soda pour le bac. On sera contraints à l'immobilité durant un quart d'heure.

Je sursaute : une voiture nous klaxonne par précaution ou pour se moquer de nous, ou parce qu'il est agaçant de voir la route utilisée par des piétons.

Enfin arrive le moment – un moment unique et trop bref – où on court en pleine nature. Cela dure peut-être dix ou quinze minutes. Les lotissements sur la droite ont été remplacés par des bois. La ville rechigne à disparaître, elle dépose une maison, un commerce, un entrepôt, elle lutte contre les espaces vides, elle a horreur des sols en terre, de la boue, des herbes folles et des broussailles mal entretenues. À gauche, l'horizon ouvre sur des champs de roseaux, des hautes herbes et de la clarté intense. Le fleuve coule tout proche, hors de vue, protégé. On avance en pleine nature. La lumière paraît plus vive. Très vite, hélas, la ville regagne la bataille perdue : des maisons ont poussé, la route redevient une rue.

Deux heures trente que l'on court. À bout de souffle, on s'adosse contre le mur en pierre du quai. Le bac arrive de l'ouest, il accostera dans quelques minutes.

Jamais je n'aurais cru qu'il serait possible d'aller si vite et si loin rien qu'avec mes jambes.

De part et d'autre de l'embarcadère, des blocs de ciment et des grosses pierres s'enfoncent dans la vase. Le niveau de l'eau me semble bas, l'hiver a été peu pluvieux. L'arrivée du bac est précédée de lourdes vagues. Le fleuve soulève ses flots marron. L'eau est épaisse, fangeuse. On s'éloigne pour ne pas être trempés.

Là-haut, dans le ciel, les mouettes vont et viennent. Elles entrent dans les terres par l'estuaire. Peut-être ne font-elles pas la différence entre l'océan et le fleuve ? Qui sait ce qui se passe dans la tête d'une mouette ? Que comprennent-elles de Tony et de moi lorsqu'elles nous survolent ? Nous voient-elles simplement ou sont-elles comme tout le monde : préoccupées par elles seules ?

La côte a beau être à une quarantaine de kilomètres, l'air a quelque chose de marin, un éclat d'iode porté par les vents. À moins que cela ne soit juste une question de luminosité, d'espace grand ouvert. Je respire à pleins poumons, mes bronches sifflent tellement fort que Tony se retourne. Je ne sais pas si je lui ai déjà parlé de mon problème respiratoire. Il m'interroge du regard et je n'ai pas le temps de répondre : le bac accoste dans un terrible raclement de ferraille. De grandes plaques de fer viennent gratter contre la route qui descend en pente douce dans l'eau. Un homme en gilet orange fluo détache une corde, et deux vélos s'élancent, suivis par trois voitures. Dans notre dos, un camion de chantier avance, son plateau rempli de sacs de ciment, de sable, d'une bétonnière, de parpaings et d'outils divers. Trois hommes descendent de la cabine. On se regarde avec Tony, a priori ce seront nos seuls compagnons de voyage.

Sans attendre, le bac s'arrache à la berge. Le bruit est épouvantable. Le métal crie en ripant contre le béton couvert de limons. Cela dure quelques secondes et brusquement le silence se fait : un silence relatif, perturbé par le toussotement régulier des moteurs et le sifflement du vent. L'eau vaseuse mange les sons. On s'appuie au garde-fou, le vent finit de sécher notre sueur, je plisse les yeux, me laisse fouetter le visage. Quelque chose se produit dans mes bronches, elles se desserrent et ma respiration cesse de siffler. On regarde droit vers l'ouest, vers l'endroit où se trouve la mer. J'ai envie de courir jusqu'à l'océan, je n'en parle pas à Tony, ce n'est pas la peine. Il y a des choses que l'on n'a pas besoin de dire.

Les ouvriers discutent entre eux, un seul fume, les autres lèvent les yeux au ciel ou observent la rive opposée. Leurs voix pourraient tout autant provenir d'un autre monde, je ne comprends rien à ce qu'ils disent.

Le bac tangue doucement. Le fleuve est stable, agité de quelques vagues, juste assez pour nous faire sentir que l'on se trouve à bord d'un bateau.

Plus tard, quand tout a été fini, on a parlé de folie à notre sujet.

Des gens nous ont admirés, aussi.

C'est quoi, la folie ?

Faire quelque chose que les autres ne font pas ?

Les athlètes, les artistes, les baroudeurs qui partent à l'aventure dans une jungle ou au sommet d'une montagne sont-ils des fous ?

Les auteurs que l'on étudie à l'école, qui ont parfois vécu dans la pauvreté ou risqué leur vie pour écrire un roman, sont fous ? Comme les champions qui rapportent des médailles à leur pays au prix d'une vie consacrée à sauter un millimètre plus haut que le record du monde ou à parcourir cent mètres en un centième de seconde de moins que les autres ?

Traverser l'océan à la rame ou la cordillère des Andes en vélo, c'est fou ?

Voilà ce que l'on s'est dit, après, avec Tony. Quand la course a pris fin.

Rien n'est simple.

Vivre dans la peur, ça rend fou ? Parce que, dans ce cas, oui, on est fous à lier. Tous les deux. On partage ça, avec Tony : la peur. Elle sait prendre des visages très différents, elle sait se transformer en oppression, en poids qui empêche de dormir, qui écrase de toute sa masse nos pensées et nos actes.

La peur de Tony, c'est la police un matin qui te conduit directement avec tes parents dans un avion. Ou pire : qui conduit tes parents et te laisse, toi, en arrière, avec ta sœur et ton frère, parce que vous avez le droit de rester, mais pas les parents. Et tu te retrouves dans un foyer, ou une famille d'accueil, alors que tu as une famille, une vraie, unie, aimante. Une vraie famille à qui il manque deux ou trois tampons sur deux ou trois formulaires.

Et ma peur à moi, c'est mon père relevant la tête de son assiette, ou détachant les yeux de l'écran de la télévision, m'apercevant, clignant des yeux comme s'il était surpris, comme si c'était impossible que je sois encore là, et m'appelant d'une voix trop lente, *Antoine*, d'une voix sucrée et écœurante, *viens là*, d'une voix que je connais si bien et qui signifie que mon père a besoin de passer ses nerfs sur moi.

En définitive, on a eu moins peur en courant qu'en restant immobiles, figés dans nos vies.

Mais je raconte la fin alors que je n'en suis qu'au début de notre course.

On traverse le fleuve, on se repose, on a faim encore, on est joyeux, on regarde des oiseaux s'envoler, on regarde quelques nuages s'effranger dans le ciel. La course ne fait que commencer.

Chaque contact du talon avec le sol éloigne les mauvaises pensées. À midi, la ville a enfin disparu. On court le long d'un sentier parallèle au fleuve. Le soleil tombe dur sur nos têtes, je ne réfléchis plus, j'avance. J'oublie tout ce qui ne concerne pas mes jambes. Il s'agit juste de lancer un pied en avant, puis l'autre, et ainsi de suite. Je m'aide en imaginant que je suis une mécanique, une machine huilée qui ne connaît pas la douleur ni la fatigue. J'accomplis le même geste en boucle. On passe de l'ombre à la lumière. Tous les dix mètres, un arbre nous offre sa fraîcheur. Le mouvement m'hypnotise. Il me semble que je pourrais presque m'endormir en courant.

Le corps, on l'utilise pour faire du sport au collège ou pour jouer au foot sur les terrains derrière l'immeuble. On a un usage imparfait et limité de notre corps. On le connaît peu. Souvent, j'entends que l'on ne se sert que de 20 à 30 % de notre cerveau. Mais le corps ?

À chaque foulée, je découvre mes muscles, mes tendons, mes articulations. Je jure que je n'ai jamais aussi nettement entendu les battements de mon cœur. Je cours et j'apprends surtout à évaluer précisément les limites de mes poumons.

Ombre des arbres, lumière du soleil.

Deux inspirations courtes pour une expiration ample.

Les bras en balancier, parfois détendus le long du torse pour les délasser.

Des molécules d'oxygène dans le sang, il ne me faut que ça et je peux cavaler jusqu'à la nuit.

Tony ne parle pas. Il trotte à côté de moi. On avance à quelle vitesse ? Je fouille dans ma mémoire, sept ou huit kilomètres-heure pour une course d'endurance, dix pour un marathon. À ce rythme, on verra la mer en début de soirée.

Je n'aurais pas cru que l'on puisse rejoindre l'océan à pied. On ne juge les distances que par la voiture. Combien de fois suis-je allé sur la côte avec mes parents ? Six à sept allers et retours par an depuis ma naissance. Mon père n'aime pas la mer l'été, il ne supporte pas les embouteillages. Ma mère ne dit rien. Ma mère se tait quand mon père s'énerve. Je calcule : deux ou trois fois chaque été pour se baigner et trois ou quatre fois l'hiver pour prendre l'air. Moins de cent fois depuis ma naissance. Avec mes parents, aller à la mer s'organise, se planifie, s'imagine des jours à l'avance et peut s'annuler au dernier moment en fonction de la météo. *On ne va pas faire toute cette route*, dit mon père, *pour rester enfermés dans la voiture*. Aller à la mer a toujours été une expédition, un voyage que ma mère prépare la veille de peur d'oublier les sandwichs, la glacière et le parasol, et dont mon père étudie les horaires en fonction des marées.

Je vais à la mer à pied. Je me trompais sur la distance, on se trompe sur beaucoup de choses.

Tant que je respire à fond, tant que je prends garde à ne pas me tordre une cheville, j'avance.

La fatigue joue à cache-cache : elle vient. J'ai l'impression que je vais m'effondrer, les muscles de mes jambes tremblent, mes oreilles sifflent, je n'entends plus mon cœur, les couleurs pâlissent, des points lumineux dansent devant mes yeux.

Puis elle repart, et je peux faire confiance à mes jambes pour courir encore un peu, encore plus loin.

On traverse un lotissement, on voit une église, une mairie, des maisons anciennes dans le bourg. Tony ralentit, il me dit qu'il est venu par-là, une fois, avec l'école primaire. Il se souvient d'un canal tout proche qui longe le fleuve et descend presque jusqu'à la mer.

Sa voix est entrecoupée de halètements, son estomac gargouille et mon estomac lui répond. Cela fait longtemps que l'on a fini les gâteaux et les chips. Sur la place du village, je vois un petit supermarché. *C'est à mon tour*, je dis. Tony sourit, il me montre l'endroit où il m'attendra.

Je n'ai jamais volé quoi que ce soit, j'ai trop peur de ce qui se passerait si mon père l'apprenait. Mais aujourd'hui, ce n'est pas voler : les choses sont bien plus simples. Aujourd'hui, le monde a basculé. J'ai faim, je n'ai pas d'argent, il y a de la nourriture en face de moi et je dois prendre cette nourriture. L'équation est élémentaire, basique.

Je ne m'encombre d'aucune crainte.

J'entre dans la boutique. J'attrape un fromage sous vide, un paquet de pain de mie. Une dame ne me voit pas, une autre me sourit et je lui souris en retour. Je prends des yaourts à boire, j'hésite, repars en arrière et ajoute une barquette de jambon tranché. Je passe par le rayon des produits ménagers, il n'y a personne, je glisse le jambon et le fromage sous l'élastique du pantalon de survêtement, bloque le pain de mie et les yaourts sous mon bras et je fonce : la femme à la caisse pousse un tout petit cri de surprise, je suis déjà sur le trottoir.

Je cours,
mes jambes ne tremblent pas,
mon cœur cogne à mes oreilles,
mes joues me chauffent,
je suis rouge vif.

Je ne peux m'empêcher de regarder par-dessus mon épaule, personne ne me poursuit. La dame de la caisse ne s'est même pas levée de son siège.

Je cours. Je suppose qu'il y a des caméras même dans les petits magasins. Des images permettront d'identifier mon visage. Je n'en ai rien à faire. Les conséquences, c'est bon pour le futur. Depuis ce matin, je ne vis plus que dans le présent, un présent absolu, débarrassé du passé comme de l'avenir. La main qui s'abat sur ma joue, la grande dérouillée, tout cela n'existe pas encore. Trop souvent, je n'ai pas vécu l'instant présent par crainte des conséquences qu'il engendrerait.

Je ralentis en passant devant Tony, j'ai mal aux cuisses et aux mollets, je dois faire attention à ne pas avoir de crampes.

Je n'ai pas pris de boissons, j'explique, *les bouteilles sont trop encombrantes*. Il va falloir trouver un robinet. Tony me fait signe que ce n'est pas grave, et on décampe vers le canal, où l'on fera une pause pour déjeuner.

La liberté claque au sol chaque fois que je pose un pied.

Nos sweats jetés au sol, on reprend notre souffle. On a trouvé un petit bois en bord de route, une poignée d'arbres qui offrent de l'ombre, nous dissimulent et nous permettent de nous adosser.

Tony ne parle pas. Je sais ce qu'il vit. La peur, la crainte. Tout le monde est au courant dans l'immeuble et au collège. Des pétitions ont circulé, un rassemblement a été organisé par un collectif d'associations devant la préfecture.

Moi, c'est différent. Je ne suis pas un bavard et aucune association ne s'est formée pour me défendre.

On finit nos sandwichs, on se relève douloureusement, on trouve une poubelle et on reprend la course. De m'être arrêté, mes muscles protestent. Mon corps s'est refroidi. Je surprends une grimace sur le visage de Tony. Ça me rassure. Il souffre lui aussi, je ne suis pas seul. On court à deux. On partage l'échappée. On partage les faiblesses. On ralentit un peu l'allure.

Tony mâchouille un petit bout de bois dont il a ôté l'écorce avec ses ongles. Ça lui donne l'air d'un type qui arrêterait de fumer.

Je ne cours plus assez vite, les questions me rattrapent. Je me demande ce qui se passera quand nos parents apprendront que nous ne sommes pas en cours. Je me demande à quel moment nous oserons faire demi-tour. Je me demande quelles seront les conséquences pour Tony. Dans sa situation, il vaut sans doute mieux ne pas faire de vagues. Il faut être invisible, discret, discipliné, obéissant, ne surtout pas attirer l'attention sur soi.

Tony ? je dis, et je me tais, je ne sais trop comment formuler ma question.

Il accélère un peu, met quatre ou cinq mètres entre nous.

Mon père l'a reçue cette semaine, il dit après un grand silence où je n'entends que son souffle.

Je me tais, je ne pose aucune question, je cours. Nous sommes seuls le long du canal, au-delà s'ouvre une route étroite qui coupe à travers champs. Des herbes poussent çà et là dans les trous du bitume. On progresse dans la bonne direction, on a le fleuve sur notre droite pour nous guider. Parfois, on déloge un oiseau qui s'envole en nous insultant.

L'Obligation de Quitter le Territoire Français, il ajoute en détachant lentement les mots, *mon père l'a reçue cette semaine. Il a un mois pour organiser notre départ volontaire.*

J'ai noué mon sweat-shirt autour de ma taille, j'ai froid subitement, un froid qui naît dans le ventre.

OQTF : pour toute famille d'origine étrangère, ces quatre lettres sont une bombe à retardement, un truc terrible avec lequel il faut apprendre à vivre, un truc qui peut se réveiller à n'importe quel moment. Et exploser.

Deux inspirations, une expiration.

L'an dernier, on a failli être expulsés, Tony raconte, *puis une association s'est montée, on a été défendus, mon père a obtenu un nouveau titre de séjour. D'un an.*

On longe les ruines d'un bâtiment de pierre.

On avait assuré à mon père que son autorisation serait renouvelée tant qu'il aurait du travail. Et sa boîte a fermé.

D'autres oiseaux, plus grands – des hérons ? –, surgissent des hautes herbes et s'enfuient à notre passage.

Avec un titre de séjour provisoire, mon père n'a pas retrouvé de travail, conclut Tony, et je n'ai rien à ajouter. Je sais qu'une nouvelle pétition circule. Un homme dans l'immeuble s'active pour les aider. Le père de Julie, qui est au collège avec nous. Il a glissé la pétition dans chaque boîte aux lettres. Mes parents ne l'ont pas signée, et j'en ai honte. Mes parents se foutent de ce qui peut se produire ailleurs que chez eux. Ils n'écoutent pas les informations, ne savent rien de ce qui se passe dans le monde. Alors ils ne sont pas près de s'intéresser au sort d'une famille vivant dans le même immeuble qu'eux.

Deux inspirations, une expiration.

L'Ukraine, je ne connais pas, il ajoute deux cents mètres plus tard. *Pas plus que mon frère et ma sœur.*

Et à nouveau le silence de nos pas sur la route, de nos souffles lourds, du sifflement de mes poumons.

Ma cheville gauche me tire. Je me souviens de

me l'être foulée plus jeune. J'avais quel âge ? Six ou sept ans, l'année du CP. Je me revois avec une attelle et des béquilles orange. Je ne me souviens de rien d'autre, je ne sais plus où ni comment l'accident s'était produit.

Sans prévenir, Tony bifurque à travers champs. Il bondit dans les herbes hautes. Je relève les yeux et comprends que la route décrit une large boucle. Tony coupe au plus droit. Je l'imite.

Je cours, petites foulées, souffle régulier, bras repliés sur le buste. Je cours en prenant soin de ma cheville. Je me méfie des saillies et des ornières, ne pas glisser, garder la cheville tendue, faire attention surtout à ne pas poser le pied sur une pierre qui roulerait, qui vrillerait de nouveau l'articulation et tirerait sur les tendons. Je cours. Certaines herbes montent jusqu'à mes épaules. Un danger nous guetterait, il suffirait de se jeter au sol, on serait invisibles. Je n'arrive pas à ne pas jouer. Nous sommes des Indiens. On avance, furtifs. Aucun automobiliste ne peut nous apercevoir.

J'enjambe une flaque d'eau, prends garde à inverser la logique de mon pied d'appel pour retomber de préférence sur la cheville droite. On arrive au bout du champ. Souple, je saute le fossé, traverse la route, saute le fossé d'en face et m'engouffre entre deux rangs de terre cultivée. Je ne sais pas ce qui poussera là, je distingue à peine les pointes de minuscules tiges vertes.

Tu resteras en France, je crie, et Tony ne ralentit pas. Il tend le bras. Son poing est fermé et son pouce dressé. Il me semble apercevoir ses yeux rougis, je ne peux pas le jurer, je ne cherche pas à savoir s'il pleure.

La semaine dernière, en rentrant du collège, j'ai croisé Klara, la grande sœur de Tony, elle était accompagnée de Thomas. Ils sont tous les deux au lycée, et ils sont ensemble depuis l'été dernier. Klara, je la connais depuis mon entrée en sixième : c'est l'année où j'ai rencontré Tony. Vraiment rencontré, je veux dire, parce que avant on ne se connaissait que de vue. Il paraît que l'on était en maternelle ensemble, mais je n'en ai aucun souvenir. Un jour, j'ai demandé à ma mère où elle avait rangé les photos de classe, et elle n'en savait rien. La famille de Tony n'avait pas l'argent pour acheter les photos, la mienne les avait perdues ou jetées. Depuis la sixième, Tony est peu à peu devenu mon meilleur ami. C'est idiot, mais on s'est rapprochés à cause de nos prénoms le jour où on a compris qu'ils avaient la même origine. J'ai passé des heures dans sa chambre à jouer, à parler, à regarder des films en streaming et à refuser que sa mère me gave de crêpes ou de beignets. Tony est né entre Jordan – qui est au collège avec nous, en sixième – et Klara. Si elle a les mêmes cheveux blonds que le reste de la famille, elle a hérité d'on ne sait quel aïeul des yeux d'un bleu-vert translucide. Plus je grandis et moins j'ose croiser son regard, j'ai peur d'avoir des idées idiotes en tête et de me mettre à rougir. Klara, si je veux être tout à fait honnête, elle correspond exactement à la définition que je pourrais donner au mot « beauté ». Elle m'impressionne, et je sens bien qu'en sa présence je me comporte comme un parfait crétin. Je bafouille, je parle trop, je me mets à raconter des histoires embrouillées dont j'oublie le début au fur et à mesure que je les invente. Quand je suis invité à déjeuner ou à dîner chez les parents de Tony, j'espère toujours qu'elle sera absente pour m'éviter de me ridiculiser une nouvelle fois.

Et j'avoue que, si mon souhait est exaucé, je suis déçu de ne pas la revoir.

Thomas, je le connais moins bien. Sa sœur est en quatrième comme Tony et moi, mais dans une autre classe. Je ne sais pas comment Thomas et Klara sont devenus amoureux. Ce que je sais, c'est que le père de Thomas est très militant, c'est lui qui fait tourner les pétitions contre l'expulsion des familles d'origine étrangère.

J'envie les autres d'avoir des parents comme ça : des parents qui se battent pour des bonnes causes, des parents qui préparent à manger pour six ou sept alors que cinq personnes vivent dans la famille, parce qu'il y aura toujours des invités de dernière minute.

Je ne sais plus quand j'ai réalisé qu'il était impensable d'inviter un ami à table chez moi.

De loin, donc, j'ai vu venir Klara et Thomas, main dans la main. Ils étaient en grande conversation, ils n'ont pas fait attention à moi. J'ai entendu Klara demander à quoi ça sert de changer de gouvernement si la politique change si peu.

Thomas l'a embrassée et je me suis détourné. Je suis parti avant qu'ils ne m'aperçoivent. Je ne voulais pas les déranger. Et surtout, j'avais compris qu'il se passait à nouveau une chose grave, j'avais compris que Tony, Klara, Jordan et leurs parents étaient de nouveau menacés.

Un oiseau pépie quelque part dans le ciel, au-dessus de ma tête et de mes pensées. La douleur à la cheville gauche reflue. C'est incroyable comment mon corps réagit. Je rejoins Tony. Une bestiole s'égosille dans un buisson, le clocher d'une église trahit un village vers la droite, on n'a pas besoin de parler pour se diriger par là. J'ai la gorge sèche, il faut trouver de l'eau potable.

Le chevreuil déboule quasiment dans nos jambes. Il a l'air paniqué, on ne l'avait pas vu et lui non plus. Il frôle mon épaule, saute avec une vitesse prodigieuse par-dessus un canal d'irrigation. J'ai perçu sa respiration sur mon visage. On ralentit pour observer sa course. Il fuit vers un petit bois, disparaît d'un coup sous l'ombre des arbres. On rit sans rien dire. J'aimerais bien être aussi vif que lui, pouvoir m'échapper en un clin d'œil.

Je ne sais qui, de lui ou de moi, a eu le plus peur.

Par association d'idées, sa fuite me fait penser à la nôtre, et je me demande si quelqu'un nous poursuivra. La police ? Nos parents ?

L'après-midi touche à sa fin, nous croisons de nombreuses voitures. Les gens rentrent chez eux, ils sont allés chercher leurs enfants à l'école, ils se dépêchent. À plusieurs reprises des automobilistes nous klaxonnent, exaspérés de voir deux gamins sur la route, contrariés de devoir ralentir et de perdre deux ou trois secondes de leur vie par notre faute.

Je ne sais pas s'ils se souviendront de nous.

Je ne sais pas s'ils nous voient vraiment.

Si un gendarme les questionne, je doute qu'ils puissent affirmer avec certitude qu'ils ont croisé notre chemin. On ne présente aucun intérêt à leurs yeux, à peine deux silhouettes qui courent loin de leur quotidien. Personne ne fait attention à personne. On se sent protégés par la grande indifférence du monde. Personne ne pourra nous décrire. Personne ne jurera nous avoir entraperçus.

Pour un conducteur pressé, on est deux simples taches dans le paysage, des formes sans importance entrevues.

Pourtant, quelqu'un qui souhaiterait nous traquer n'aurait sans doute aucun mal à retrouver notre piste : on vole, on ne se cache pas. Le chasseur qui veut abattre le chevreuil suit ses traces, repère les brisées, les empreintes au sol.

Depuis ce matin, nous sommes passés dans le champ visuel de centaines de personnes. Et je dois arrêter de m'encombrer l'esprit.

Ma cheville gauche est plus raide que la droite, je fais attention aux points d'appui.

Les policiers trouvent nos sacs dans le buisson, les policiers montrent des photos de nous dans l'épicerie et la supérette où nous avons volé, les policiers barrent les routes. Je vois les scènes comme si je les regardais à la télévision. Pour Tony, je ne sais pas comment les choses vont se passer, mais, dans mon cas, je ne crois pas que mon père ira voir la police, il aurait trop peur des questions. J'imagine la scène. *Et votre fils aurait-il une raison particulière de fuguer ?* J'éclate de rire et Tony se retourne.

Il m'interroge du regard.

On pourrait téléphoner, je dis.

Oui.

On court le long d'une piste de VTT, entre les étiers et les plans d'eau. Le bâtiment d'une usine trahit l'approche d'un bourg, le chemin devient une route, l'usine, une zone industrielle, la route, un quai. Je connais ce village, il est situé au bord de l'estuaire. Au-delà, à quatre ou cinq kilomètres, on arrivera à l'océan. On y est presque.

Tony ralentit, on s'approche du fleuve. Sur l'autre rive, la campagne fait place vers l'ouest au début d'une zone portuaire. Des bateaux sont amarrés, mélange de plaisance et de pêche. Quelques péniches à quai ne naviguent plus, elles sont transformées en habitations. Des tables, des chaises et des jouets d'enfants traînent en désordre sur leur pont.

On reprend notre souffle. Comme chaque fois que je m'arrête, j'ai l'impression que mon corps va tomber en morceaux. Mes muscles se sont transformés en bouts de bois, mes poumons brûlent, ma respiration chuinte. De petites taches blanches volent de nouveau devant mes yeux. Un instant, c'est le silence parfait. Je réalise que je n'entends plus rien. Les taches s'agrandissent, s'agrandissent, je cherche Tony, il a disparu, le quai aussi, le fleuve, la bordure de pierre contre laquelle on s'appuie, les maisons, le ciel,

tout est blanc,

vide,

muet,

et doux,

tellement doux,

et du cœur de ce vide une voix se fraie un

chemin, une voix fragile qui s'assemble lentement, qui peine à traverser les étendues de blanc. J'ai été emporté à des kilomètres et des kilomètres de mon corps. La voix vient me chercher, je l'agrippe, je me raccroche à elle comme à une main secourable. Je traverse des kilomètres et des kilomètres de ouate, je remonte en apnée, des images s'assemblent et je vois Tony penché au-dessus de moi.

Antoine ?

D'un coup, tout réapparaît : le sol, le muret du quai, les sons. La voix de Tony me demande si je vais bien, et la lumière aveuglante du ciel m'oblige à fermer les yeux.

Je me suis évanoui. Allongé au sol, je bouge avec prudence, je n'ai mal nulle part, je retrouve ma voix pour rassurer Tony. Il me raconte qu'il m'a vu glisser, lentement, sur le côté, comme s'il n'y avait plus personne dans mes vêtements. Je me relève. J'ai un coude écorché. Je m'étonne de ne pas m'être blessé plus gravement. Enfant, à plusieurs reprises, je me suis trouvé mal, j'avais des baisses de tension, des crises d'hypoglycémie et je tombais dans les pommes. Cela m'arrivait en classe parfois, les élèves en profitaient pour pousser des cris, l'institutrice s'inquiétait et me donnait un sucre.

Je bouge. Un pas, un autre. *Je vais bien*. Les muscles raides, l'estomac de nouveau vide, mais je vais bien. Je ne m'étais plus évanoui depuis trois ou quatre ans.

Je vais bien, je répète. J'ai un goût de métaux rouillés dans la bouche.

Bon, me répond Tony, *on téléphone et on trouve un goûter.*

Des flammes s'élèvent au loin, de l'autre côté du fleuve, au sommet d'une très haute cheminée. Les couleurs et les sons ont reformé le monde. Je me demande si les chevreuils connaissent la fatigue à force de fuir.

Sans doute.

Sur une petite place entourée d'arbres, Tony discute avec une femme. Je vois qu'elle lui tend un téléphone portable. Il a toutes les audaces.

On court vers l'océan.

Tony n'a plus articulé un mot depuis le coup de fil. Il a appelé Klara. Elle a un portable, il ne risquait pas de tomber sur ses parents. Je ne sais pas ce qu'ils se sont dit, je ne sais pas si quelqu'un est à notre poursuite. Je ne pose aucune question, Tony parlera quand il le souhaitera. Pour ma part, je ne veux pas appeler. Je n'ai rien à raconter. À personne. Je préfère ne pas trop penser aux cris dans mon oreille s'il me venait l'idée de joindre mon père ou ma mère. Sans nouvelles, ils s'inquiètent peut-être. Je ne vais pas leur donner l'occasion de transformer cette inquiétude en colère.

On court depuis presque neuf heures. J'ai fini la pomme dérobée, j'ai mangé les gâteaux volés.

Je ne savais pas que l'on pouvait trancher sa vie d'une manière si radicale. Je savais que l'on pouvait tomber malade, que l'on pouvait avoir un accident.

Je savais qu'une chose terrible pouvait vous mettre à terre. Je savais que l'on pouvait devenir immensément riche en quelques secondes grâce au loto, mes parents y jouent chaque semaine même s'ils ne gagnent rien.

Finalement, je ne savais pas qu'il était aussi simple de tout envoyer bouler d'un seul coup.

Allez, plus vite ! nous encourage un petit vieux au bord de la route. Il nous sourit, une cigarette éteinte collée aux lèvres. On le salue de la main et il lève le bras en réponse. Il porte une veste d'ouvrier bleue, il est sans âge. Lui, au moins, nous a vus.

On va bientôt quitter le fleuve, il a beau être le plus souvent masqué, sa présence va me manquer. Le fleuve entrouvre ma gorge. Il m'offre de l'air frais. D'ici une heure, nous courrons sur le sable.

Deux inspirations, une expiration.

Mon corps déborde d'énergie. Il m'offre beaucoup de choses. Respirer est un cadeau. Avancer, un miracle.

Ma cheville ne se tord plus, mes poumons absorbent l'oxygène, mes bronches sifflent mais ne se referment pas, mes muscles ne se déchirent pas. Je cours.

Je n'ai jamais été aussi fatigué de mon existence et je n'ai jamais été aussi joyeux. Je me sens terriblement vivant.

Klara savait déjà que son frère avait disparu. Le collège avait appelé. Tony lui a indiqué l'endroit où on a caché nos sacs, il lui a dit qu'il était avec moi et qu'elle ne devait pas s'inquiéter. Et il a raccroché, il a rendu le téléphone à la dame qui le lui avait prêté, il l'a remerciée et c'est tout ce qu'il y a à dire.

Nos parents ont dû entrer en contact à l'heure qu'il est. Ils se connaissent de vue comme se connaissent tous les gens dans l'immeuble. Possible qu'ils aient prévenu la police.

Je n'en sais rien.

Tony se tait, il économise son souffle.

Je ne ferai pas demi-tour avant de voir la mer, je pense, et justement la mer surgit au bout du chemin. Elle apparaît totalement, immense, grise, sonore, odorante. L'océan est partout : dans mes yeux, dans mes oreilles, dans mes narines, sur mon visage. L'océan entre en moi et déploie les alvéoles de mes poumons. Je le vois et je n'y crois pas. Je suis parvenu à cavaler follement jusqu'à lui. Mes jambes et mes bronches ne m'ont pas trahi.

L'océan est libre, je suis libre, mon père ne lèvera pas la main sur moi, pas plus que la police ne viendra arrêter Tony et sa famille, parce que nous sommes des animaux sauvages, nous sommes insaisissables. Il n'y a plus de demain, plus qu'un présent où nous rions en dévalant la plage vers les vagues. Le sable sous mes pieds est plus vrai que tous les cours que j'ai séchés aujourd'hui.

Je suis en vie.

Je me déchausse, c'est difficile, c'est douloureux, les chaussettes ont collé à la peau. Des ampoules sur mes orteils et mes talons ont gonflé et explosé. Le liquide incolore a soudé le tissu à mes pieds. Je tire, j'arrache, ça fait mal et ce n'est pas grave. Je retrousse mon pantalon et avance vers les vagues. Le sable se coule sous les peaux irritées par le frottement, j'en tremble de douleur jusqu'au moment où une vague vient m'anesthésier.

Je ne sens plus rien, l'eau glaciale a coupé mon corps au niveau des chevilles. L'eau pourtant me fait du bien : elle est réelle et vive. Je marche dans le vrai océan. Je ne rêve pas. L'eau repart. Je m'élance à sa poursuite, joue à éviter les vagues comme je le faisais gamin. Je poursuis la vague lorsqu'elle descend et remonte plus vite qu'elle. J'écoute rouler les graviers et crisser le sable. Je n'en ai rien à foutre de mon épuisement, rien à foutre des gens qui passent plus haut et doivent se demander ce qui nous prend de japper comme des chiens, rien à foutre de la main dressée de mon père, rien à foutre de la dérouillée que je recevrai, rien à foutre du collège, rien à foutre des heures de colle, rien à foutre des policiers qui sont peut-être à nos trousses. Je cours. J'éclabousse mon pantalon. Je ris. Tony a recueilli de l'eau entre ses mains jointes, il s'approche avec un sourire mauvais et j'évite de justesse d'être trempé. Je le poursuis, on rigole, on a la force immense de jouer dans l'insouciance des vagues. Notre joie est plus forte que tout. L'océan transporte des odeurs d'ailleurs, des mouettes rient avec nous. Je me demande si ce sont les mêmes qui volent jusqu'en ville et survolent parfois l'immeuble où j'habite.

On joue.

Des porte-conteneurs jouent au loin à se tenir en équilibre sur la ligne d'horizon.

Les vagues jouent à nous attraper par les pieds.

Le sel joue à cicatriser nos plaies.

L'océan gronde sa gaieté infinie.

Vite, on est trempés, en sueur, allongés sur le dos, essoufflés, épuisés, plissant les yeux pour voir les rares nuages flotter dans le bleu immense du ciel.

Ma respiration siffle et je m'en fiche. Que mes bronches se resserrent, il me reste bien assez d'air pour rire.

Je ferme les paupières un instant. J'ai faim. J'ai encore faim.

Une mouette passe plus bas, une moto rugit dans notre dos, je regarde Tony.

Et maintenant ?

Ce serait stupide de faire demi-tour.

Comme un renoncement. Comme de refermer sur soi-même la porte d'une cage. Et puis, on ne sait toujours pas qui de nous deux court le plus vite.

L'océan n'est pas une barrière, juste un nouveau chemin à suivre, comme on a suivi le chemin du fleuve.

Et puis, j'ai pensé à Bordeaux ce matin.

Sans échanger un mot, encore une fois, on se relève. On agite nos têtes pour faire tomber le sable pris dans nos cheveux. Les longues mèches de Tony en contiennent des quantités incroyables. Je passe les mains dans mes cheveux coupés en brosse. On secoue nos vêtements. Remettre les chaussettes et les chaussures m'arrache des gémissements de douleur.

Les seuls problèmes qui se posent à nous sont manger et dormir. Le reste n'a plus aucune sorte d'importance.

La vitre se brise presque sans bruit, comme un verre qui échappe à une main maladroite et éclate au sol. Un tintement aigu sans écho, sitôt produit, sitôt éteint. Un crissement minuscule dans le grand vacarme du monde. Et dire que l'on craignait d'alerter tout le voisinage. Le bruit passe inaperçu, pourtant on n'en mène pas large, Tony et moi. On a choisi une maison en haut d'une petite rue. Sur le littoral, deux maisons sur trois paraissent inhabitées : des résidences secondaires, des abris pour le week-end et les vacances, de vieilles résidences de famille ou de coûteuses villas rénovées. On a hésité. On ne voulait pas d'une maison trop luxueuse, trop impressionnante. On a longtemps scruté les boîtes aux lettres, aussi, à la recherche des logos de sociétés de télésurveillance. Je ne sais pas s'il s'agit d'un bluff ou si des systèmes électroniques protègent réellement les lieux en l'absence des propriétaires.

On a escaladé une clôture en bois, on s'est tenus dans l'ombre du jardin, à l'arrière, personne ne pouvait nous voir, mais on aurait aimé se tasser, être plus petits, minuscules, invisibles. J'ai rentré la tête dans les épaules.

J'ai peur.

En prenant garde à ne pas me couper, je glisse une main par le carreau cassé et tâtonne à la recherche de la poignée.

Plus bas, presque face à la mer, un panneau planté devant une porte d'entrée prévenait MAISON PIÉGÉE. On a ri, on s'est demandé ce que cela signifiait. Une bombe reliée à la serrure ? Des mines antipersonnel dans les couloirs ? La maison explose dès le premier pas à l'intérieur ?

Les gens jouent à la guerre, ils disposent des grenades en équilibre sur le montant des portes, empoisonnent l'eau et la nourriture, électrifient les seuils.

Mort à ceux qui osent perturber leur richesse.

J'ouvre la fenêtre en retenant mon souffle. Tony et moi sommes prêts à déguerpir. Pas de sonnerie, pas d'alarme. Je glisse une tête dans la maison, m'attendant encore aux vociférations suraiguës d'une sirène. Le seul bruit est celui de mon cœur, il bat à se rompre. L'absence de sonnerie ne me rassure qu'à moitié, mon imagination fait scintiller un voyant orangé sur le tableau de contrôle d'une société spécialisée dans la protection des résidences balnéaires. Et bientôt arriveront les gardiens avec leurs chiens muselés ou la police. C'est un risque à prendre. On a faim, on a soif, on n'a plus la force de continuer. Il nous faut un abri, une niche, un creux où nous enfouir pour la nuit. Un asile loin des regards, de la curiosité, des questions et de l'obscurité.

Les gens blindent leurs portes, ils achètent des serrures garanties anticrochetage, mais les volets sont parfois de simples stores en plastique abaissés sur des fenêtres hors d'âge. On peut pénétrer dans une maison à main nue, en soulevant les stores et en brisant la vitre à l'aide d'un caillou ramassé dans le jardin.

Avant ce midi, je n'avais pas volé. Avant ce soir, je n'étais pas entré par effraction chez qui que ce soit. Comme dans un film, je saute par la fenêtre. Comme dans un film, j'atterris sans bruit. Comme dans un film, je fais un pas en avant et le verre brisé crisse sous mes pieds.

Tony me suit.

On ne bouge plus,

on écoute,

rien,

pas un bruit,

mon cœur qui cogne,

ma respiration qui siffle.

On n'a pas le choix. À la nuit tombée, deux garçons sur le bord d'une route deviennent trop voyants. La nuit accroît l'inquiétude. Deux garçons ne peuvent pas traîner dehors au-delà d'une certaine heure sans poser problème. Délinquants ? Fugueurs ? On entre dans la maison pour échapper aux questions et fuir les regards.

Tony redescend le store en laissant juste filtrer une faible luminosité. On se trouve dans une chambre. Un vieux lit, une armoire sombre. Des meubles sans grande valeur. Aucun bruit, pas même le tic-tac d'une horloge. Le jardin paraissait négligé, des prospectus dépassaient de la boîte aux lettres. La maison est de plain-pied. J'attends un instant que les battements de mon cœur s'apaisent. En vain. Alors j'avance. Je me passerais bien des images qui me submergent, mon imagination est au cinéma : *fait divers, le cambrioleur abattu par le propriétaire.* La colère bien inutile cette fois-ci de mon père. Le silence de ma mère. Le film se terminerait par mon enterrement, sous la pluie – parce que la pluie est magnifique au cinéma. Des plans sur les parapluies, les larmes qui se confondent aux gouttes. Le tout très beau en léger ralenti, et très triste avec une musique mélancolique. Et la question non résolue de savoir pourquoi je cambriolais une maison sur la côte.

Sauf que je ne suis pas là pour dérober quoi que ce soit et que j'ouvre la porte qui donne sur un salon où personne ne pointe de fusil. La maison est vide, simplement emplie de nos craintes.

N'osant allumer la lumière, on se faufile dans la cuisine où de hauts carreaux de verre dépoli permettent encore d'y voir presque clair. Le frigo est ouvert, débranché, dégivré. Gardien désœuvré des lieux. Tony m'appelle, il chuchote : il a trouvé un trésor. Des conserves, des nouilles, des sauces en boîte, du riz, des céréales et même un paquet de biscottes. On fouille un peu plus : des pots de confiture, des sodas, de l'eau minérale.

Dans un tiroir à côté de l'évier : des bougies

et des allumettes. On ne prend pas le risque d'allumer la lumière et on continue absurdement de parler tout bas, même après avoir exploré les deux chambres, la salle de bains et une véranda vitrée ouvrant sur le côté de la maison, vers la mer.

Tony farfouille sous l'évier, repère l'ouverture de la bouteille de gaz. Je fais chauffer de l'eau salée pour les pâtes. Je suis mal à l'aise. Je n'aime pas être là.

J'ai faim, murmure Tony, puis, regardant les nouilles et pensant sans doute au vol que nous sommes en train de commettre, il ajoute : *On n'a pas le choix.*

Je crois que c'est faux, que l'on a toujours le choix, mais je ne réponds pas. Le choix d'être là, avec lui, dans une cuisine qui sent un peu le moisi, surveillant à la bougie la cuisson de vieilles pâtes, je suis très content de l'avoir fait.

Les nouilles à l'eau sont fades, mais on mange. On dévore pour calmer notre faim énorme. *C'est moins bon que ce que prépare ta mère*, je dis, et Tony approuve gravement de la tête. *Même son bortsch est meilleur*, il ajoute.

Sa mère, elle, cuisine normalement. Je veux dire qu'elle cuisine les mêmes choses que la mienne : des poulets au four, des spaghettis à la bolognaise, des pizzas toutes faites, des plats que toutes les mères préparent ou font cuire. Les premières fois que j'ai été invité à manger dans la famille de Tony, je m'en étais étonné. Je m'étais dit que des étrangers devaient manger des trucs étranges. Je m'attendais à des plats russes. J'avais posé quelques questions timides. *Tu veux du caviar ?* avait rigolé le père de Tony, et je n'avais plus osé aborder le sujet. Le seul plat vraiment exotique que j'ai mangé avec eux, c'est le bortsch : une soupe très épaisse, froide, à base de betterave et de chou, dans laquelle on ajoute de la crème. *Un plat typique de l'Ukraine*, avait fièrement annoncé la mère de Tony. Klara avait répondu que l'on comprenait mieux pourquoi ils avaient fui leur pays, tous avaient ri, et j'avais ri et rougi en même temps.

Avec Tony, une fois le repas achevé, on fait la vaisselle et on remet tout à sa place.

On n'est pas des vandales ou des voleurs.

L'estomac plein, une douche froide prise à la lueur d'une bougie, je peine à trouver le sommeil. La maison claque et grince. Ses bruits sont nouveaux, ils me surprennent, m'inquiètent. L'immeuble où je vis hurle parfois quand des gens se disputent. Il résonne de musiques, de meubles déplacés, de voix qui suintent des cloisons, d'appels des voisins ou de téléviseurs. Il sonne et répond au téléphone. Il vibre quand quelqu'un joue de la perceuse. Même au plus profond de la nuit, l'immeuble ne connaît pas le silence, il se trouve toujours un bébé qui pleure ou un noctambule qui traîne des pieds. Des talons aiguilles sur le carrelage d'une cuisine qui claquent en rythme. Les clameurs de mon immeuble sont familières, presque rassurantes. J'ai toujours habité au même endroit. Je sais que mes parents ont emménagé lorsque j'avais trois mois. Je n'ai pas d'autres souvenirs que ceux de notre appartement, avec ma chambre, le couloir, le salon, le balcon et la cage d'escalier sans fenêtres aux murs badigeonnés de couleurs jaunasses.

Ici, les bruits sont différents, plus proches, moins étouffés par les épaisseurs du béton. Des choses courent sous les combles.

Des souris ?

Des fantômes.

La réponse de Tony me fait rire. L'une des chambres dispose de deux lits, on a décidé de dormir dans la même pièce. La maison s'étire comme un organisme. Ses os craquent. Des pattes – des griffes ? – grattent les plafonds de plâtre. Dehors, le vent s'est levé, une branche heurte la toiture lorsque les rafales se font fortes. Des meubles irrités par notre présence sursautent nerveusement. La maison semble décidée à ne pas nous laisser dormir. Elle rejette notre présence de sales petits intrus, de voleurs de nourriture et d'eau et de vêtements – j'ai trouvé des chaussettes neuves à ma taille dans un tiroir –, et de médicaments puisque j'ai aussi désinfecté les ampoules sur mes orteils et mon talon et que j'ai appliqué des pansements sur les plaies pour éviter les frottements douloureux. La maison appartient peut-être depuis des générations à une famille. Elle a été achetée par les arrière-grands-parents venus prendre leur retraite au grand air. Elle sert de villégiature chaque été. Elle est en âge de s'indigner, elle n'a pas apprécié que je lui casse une vitre. Elle ronchonne, elle grommelle, elle aimerait nous expulser comme un organisme rejette une infection, une saleté. Nous sommes deux virus entrés dans un corps sain. Nous sommes une inflammation, une maladie. Je repense aux cours de SVT, à la manière dont les corps se protègent contre les invasions. On a percé l'épiderme de la maison, elle se défend avec ses anticorps : les bruits, les odeurs, les vibrations d'angoisse. J'ai envie de me relever, mais j'entends la respiration lourde de Tony et j'ai mal : partout, aux jambes, aux pieds, aux mollets, aux chevilles. J'ai les muscles noueux comme du bois et je ne vais pas pouvoir dormir dans un lieu où je suis un intrus et j'ai mal encore et je n'arrive plus à bouger et la maison exhale des parfums de renfermé, d'antimite, de moisi, et des bêtes courent, courent si vite qu'elles m'emportent et que je m'endors en étant persuadé que je n'arriverai plus à dormir de ma vie.

On mange des biscottes puis on nettoie tout.

On passe un coup d'éponge sur la toile cirée, on refait les lits, on enlève les cheveux dans la grille de la douche, on balaie, on recueille les éclats de verre brisé que l'on jette à la poubelle.

On ressort par la fenêtre.

On rabaisse le store.

Avant, on a longtemps observé la rue et les rideaux des autres maisons.

On repart aussi furtivement que l'on est venus. On emporte juste un petit sac à dos trouvé suspendu derrière une porte, deux bouteilles d'eau, un paquet de gâteaux et des sparadraps pour nos pieds.

Dans la cuisine, pendant que l'on gommait les traces de notre passage, on s'est posé la question de savoir si on allait ou non laisser un mot d'excuse pour la vitre et – finalement – on a renoncé.

Il est dix heures quand on descend la rue en direction de l'océan.

Nos jambes ne veulent pas,

nos muscles refusent,

nos corps protestent,

mes bronches rétrécissent,

mais nos têtes décident.

On repart en courant vers le sud, en suivant le remblai, en regardant la mer et en écoutant les vagues.

On avance légers, portés par la lumière.

Deux inspirations par le nez, une longue expiration par la bouche.

On est libres et la liberté ne s'arrête pas, elle court, elle va de l'avant.

Brusquement, on pique un sprint pour savoir lequel de nous deux est le plus rapide mais – encore une fois – le résultat n'est pas très concluant.

En riant pour ne pas entendre les souffrances de nos muscles, on entre en courant dans le deuxième jour.

LES JOURS SUIVANTS

L'exception devient petit à petit la règle : courir, dérober un peu de nourriture, trouver des points d'eau pour se désaltérer, prendre soin de nos pieds, dénicher un endroit où dormir le soir. Si possible, on évite d'entrer par effraction dans une maison. Parfois, on tombe sur un garage grand ouvert. Un soir, on dort dans un hangar à bateaux où deux lits de camp attendent notre venue. Ça sent la résine et la peinture. La coque du voilier sur cales dresse sa masse sombre au-dessus de nos têtes. Ma respiration siffle mais je m'endors. Toujours, aidé par la fatigue, je dors. Bien plus profondément qu'à la maison, dans ma chambre. À vrai dire, je me sens ni plus ni moins en sécurité à dormir roulé en boule dans un coin inconnu que chez moi.

Avec Tony, on limite nos échanges au minimum, on se prévient lorsque l'on veut ralentir ou faire une petite pause.

Nos corps présentent un risque de rupture.

À certains moments, je pense que je ne vais plus pouvoir faire un pas, et puis je lance ma jambe, le pied touche le sol, la jambe tient bon, les muscles ne s'affaissent pas, les os ne s'effritent pas en poussière, et la douleur reflue, et j'oublie la fatigue.

Quand on court sur un chemin désert ou le long d'une plage, j'arrive à ne plus penser à rien, à rien du tout. J'oublie ma peur. J'oublie les cris de mon père. J'oublie ses mains si rapides que je n'ai pas le temps de les esquiver. Les baffes gratuites et les engueulades. J'oublie que ma mère n'est plus présente à ces moments-là. Je suis dans la cuisine, mon père est en rogne, il ne cherche qu'une occasion pour se défouler, il la trouve : j'ai une mauvaise note, je ne me tiens pas droit à table, je n'ai pas entendu lorsqu'il m'a demandé le pichet d'eau. Il y a toujours un prétexte. Et c'est parti : il m'engueule, me traite d'incapable, sa main vole vers ma joue. Je suis perdu. Je n'arrive pas à me protéger. Je ne sais pas lui demander d'arrêter. Je ne sais plus que j'ai des bras pour me défendre. Je n'arrive pas à parler, ni à crier, ni même à pleurer. À un moment, je relève les yeux et ma mère n'est plus là. Juste une seconde avant l'insulte ou la gifle, elle s'est souvenue qu'elle doit arroser les plantes ou aller aux toilettes ou mettre le linge dans la machine à laver. Elle n'a rien vu, elle n'a assisté à rien.

Un jour, j'attendais à l'infirmerie du collège parce que j'avais de la fièvre, j'ai vu un visage sur une affiche, le visage terrible d'une fille avec un coquard, la lèvre fendue, les cheveux emmêlés. Il y avait un numéro de téléphone où l'on peut appeler gratuitement si un adulte porte la main sur nous. En examinant longtemps le visage de la fille, j'en ai déduit que mon père ne me bat pas vraiment. Il me flanque une baffe par-ci, par-là, souvent, trop souvent, mais il ne m'a jamais amoché comme sur l'affiche.

Je cours, et mon père et ma mère se dissolvent au fil de ma course. Ma mémoire est lavée par deux inspirations brèves et une expiration longue. Ma mémoire est tout entière contenue dans les muscles de mes cuisses, dans mes mollets souples, dans ma cheville gauche qui joue à réveiller sa douleur, dans le chuintement de ma respiration.

Jamais mon père ne m'a vraiment fait mal. Je sursaute, j'ai peur, je me crispe sous la gifle. Je n'ai pas de traces, pas de bleus, pas d'empreinte de ses doigts sur les joues. S'il était un animal, mon père ne serait pas le chien qui plante ses crocs dans une cuisse. Non. Mon père serait un moustique qui empêche de dormir toute une nuit, qui fait planer la menace vibrante autour des oreilles, qui pique et pique et pique et pique sans trêve, sans répit, sans lassitude. Il serait le caillou dans la chaussure, l'inconfort, la petite douleur quotidienne qui empoisonne la vie entière à force d'acharnement.

Je cours.

Et j'imagine un instant que chaque pas n'a d'autre but que de m'éloigner de mes parents.

Je ne retournerai pas chez eux, je crie, et Tony tourne la tête vers moi, il ne ralentit pas, il lève le bras droit vers le ciel, où plane une mouette. *Chez eux*, j'ai crié, parce que je n'arrive pas à dire *chez moi*. Je n'ai pas de chez-moi, je vis chez mes parents. Je vis dans un appartement où toujours j'attends le reproche, le cri, l'agacement. C'est comme si mon père m'en voulait de vivre, de respirer, de bouger, d'être là. Il ne supporte pas que je sois assis en sa présence, pas plus qu'il ne me supporte debout ou allongé dans ma chambre.

Il entre parfois, en fureur, sans frapper à ma porte, me reproche d'avoir caché les clés de la voiture, ou fonce sur moi en hurlant qu'il manque cinq ou dix euros dans son portefeuille, ne décolère pas,

non,

en aucun cas.

Il est un trait rouge sang, une rature qui efface la moindre de mes paroles.

Alors je cours et je noie mon regard dans la mer si grise. Je regarde le ciel, les nuages nombreux, je me demande s'il finira par pleuvoir et je lance une jambe après l'autre. Et on avance, et je ne pense plus à rien, et on longe la côte rocheuse où s'alignent les carrelets. Hier soir, on a voulu dormir dans l'un d'eux. On a longtemps essayé d'en ouvrir la porte. Ces cabanes de pêcheurs sont mieux protégées que les villas. On a renoncé.

On progresse, on traverse de vastes zones d'ostréiculture et de conchyliculture. L'air sent la vase et le sel, les alluvions et l'iode.

On court, on sait maintenant que l'on courra tant que l'on pourra, jusqu'au jour où un obstacle impossible à franchir se dressera devant nous.

Tant qu'il nous restera une once de force.

C'est la nuit, dans le salon d'une maison, il n'y avait pas de matelas sur les lits, simplement les barres des sommiers. On a pris chacun un canapé.

Tu dors ? je questionne.

Non.

Partout, aux murs, des marines encadrées rappellent la mer si proche. Des coquillages noués sur du fil transparent servent de rideaux. Un filet de pêcheur a été tendu au plafond.

Tu veux faire quoi, plus tard ?

J'ai hésité à poser cette question. Les adultes, les profs, les parents, tout le monde cherche à savoir à quelle vie nous nous destinons. La question en devient presque indécente.

Médecin, répond Tony immédiatement. Puis : *Je ne sais pas si c'est possible en Ukraine... Je ne connais pas un seul mot d'ukrainien, tu sais.*

Tu feras tes études en France, je promets.

Oui.

Oui.

Et un grand silence s'installe. De temps en temps, des phares d'automobile zèbrent le salon. Ils coulent par les impostes situées au-dessus des fenêtres. Le filet accroché au plafond semble bouger, il pivote vers la droite et reprend brusquement sa place.

Jamais on n'avait parlé du futur. Je me rends compte à quel point je connais peu mon ami.

Médecin. Il en est capable, je lui souhaite de réussir.

Et toi ?

Moi, je ne sais pas, je mens. Et je me reproche de mentir. On partage tout avec Tony, et je ne sais pas pourquoi je n'arrive pas à lui dire que je veux devenir écrivain. Sans doute parce que ce n'est pas un métier sérieux. Un auteur était venu nous voir, au collège, cet hiver. On pensait que les gens qui font des livres étaient riches. Il nous avait expliqué le peu d'argent qu'il gagnait. Il avait dessiné un grand cercle sur le tableau. Le cercle symbolisait le prix d'un ouvrage. Il avait montré la part du libraire, celle de l'éditeur, celle des gens qui s'occupent d'acheminer les livres dans les librairies. Il ne restait plus qu'une toute petite portion du gâteau pour celui qui avait écrit le livre. Et il avait coupé cette minuscule part en deux pour expliquer qu'il travaillait avec un illustrateur et qu'ils devaient se partager les droits d'auteur. Il nous avait dit que la littérature était plus une passion qu'un métier. Écrivain, c'est comme un rêve, comme les filles qui veulent devenir actrices de cinéma ou les garçons qui s'imaginent footballeurs professionnels. Et il souriait quand même, il était heureux de faire des livres, de rencontrer ses lecteurs.

Mme François, notre professeure de français, avait fait écrire à chacun d'entre nous un texte inspiré des titres des différents romans et albums de l'écrivain. On lui avait offert nos productions, photocopiées et reliées par une spirale verte. Il nous avait longuement remerciés. Avant qu'il ne parte, Mme François avait demandé si des volontaires voulaient bien lui lire leurs textes. Tony m'avait donné un coup de coude. Je n'avais pas relevé les yeux de ma table. La semaine précédente, en classe, lorsque à tour de rôle tout le monde avait lu son texte à voix haute, c'est vrai que le mien avait eu beaucoup de succès. D'une manière générale, dès qu'il s'agit d'imaginer une histoire, je suis à l'aise. J'ai de bonnes notes en écriture d'invention. Mais de là à lire devant un vrai écrivain. Je ne le sentais pas, vraiment pas. Et de toute manière, je n'ai pas eu à hésiter beaucoup : plusieurs filles levaient le doigt. Les filles ne craignent pas d'avouer qu'elles aiment écrire. Pour les garçons, c'est plus compliqué.

Jeanne a lu son texte, puis Mélanie, puis Chloé, et ça a sonné et l'écrivain a disparu.

Ne raconte pas n'importe quoi, avait répondu ma mère l'une des rares fois où je lui avais parlé de mon désir d'écrire des histoires. Et le sujet avait été clos une bonne fois pour toutes.

D'ailleurs, un écrivain, ça écrit. Et moi, pas vraiment. Des petites histoires, ou pire : des poèmes. Des choses sur ma vie aussi, des textes où j'esquive la main de mon père.

Je ferme les yeux, je suis épuisé. Cette maison m'oppresse un peu, avec son plafond qui emprisonne les lumières des phares et les coquillages suspendus partout. Avant de m'endormir, une pensée me traverse : notre course, je l'écrirai. Ce sera mon premier roman.

C'est au tour de Tony d'aller faire des provisions. La nuit dernière, on a trouvé une centaine d'euros dans une maison. Des billets abandonnés comme ça, dans le tiroir d'un buffet. On cherchait des bougies ou une lampe de poche pour ne pas allumer l'électricité quand on a vu l'argent. On a réfléchi un moment. On n'est pas des cambrioleurs. On a laissé les billets. Je ne sais pas pourquoi. Il me semble que prendre l'argent aurait été un vol, un vrai vol, alors que prendre de la nourriture, ce n'est pas la même chose. C'est un acte d'urgence, un besoin de première nécessité. On préfère continuer à chiper le strict minimum. On vole parce qu'il faut bien manger.

C'est donc au tour de Tony et les choses se passent mal. La plupart du temps, on chaparde discrètement un paquet de gâteaux ou du jambon sous cellophane glissé sous le sweat-shirt. Ou bien, lorsque les épiceries ou les supermarchés sont presque déserts, on pique un sprint au moment de passer en caisse. Un cri s'élève, quelqu'un nous ordonne de nous arrêter et de revenir et c'est fini, on est loin. Personne n'est assez rapide pour nous attraper.

La chance aujourd'hui n'est pas de notre côté.

On repère un petit supermarché, un peu à l'extérieur d'une commune. Il est treize heures. Cinq ou six voitures garées, personne dans la rue. Tony entre et j'attends à l'autre bout du parking, assis sur un muret, prêt à déguerpir dès que je le verrai détaler hors du bâtiment. Je me sens épuisé, j'ai chaud, je ferme les yeux quelques secondes pour retrouver de l'énergie.

Les choses se déroulent très vite, trop vite. Une voiture se gare près de l'entrée, un homme en sort. Je masse ma cheville gauche, je respire à fond, je ne fais plus trop attention, je manque de vigilance, pourtant je ne vois pas comment je pourrais anticiper ce qui va se dérouler.

Tony bondit à l'extérieur au moment où l'homme s'apprête à entrer, il le percute de plein fouet. L'homme pousse un cri. Je relève la tête, je vois des choses voler : une bouteille de yaourt à boire éclate au sol. Tony perd l'équilibre et – le temps qu'il se redresse – l'homme l'empoigne par les cheveux. Le yaourt macule la dalle de béton. Tony pousse un hurlement de douleur, il tombe de nouveau. L'homme ne lâche pas, on dirait qu'il veut arracher la tête de Tony. Sans réfléchir à ce que je fais, je m'élance. Je vois le pain, le fromage et les gâteaux par terre, j'entends Tony. Des gens se précipitent vers le parking. Et surtout, je vois l'homme, massif, un peu gras, le visage rouge, sa main énorme agrippée aux cheveux de Tony.

Simultanément, l'homme relève la main pour gifler mon ami,

Tony hurle,

encore plus fort,

Salopard, crie l'homme,

Arrêtez-le, ordonne quelqu'un qui franchit la porte vitrée coulissante,

lâchez-le, je rugis,

et je fonce tête baissée dans les reins de l'homme.

De surprise, il relâche sa prise. Tony roule sur le côté, en plein dans le yaourt. L'homme fait volte-face. Son visage est déformé par la fureur, et – une seconde – je suis frappé par la familiarité de sa colère. J'ai même le temps de penser – un centième de seconde – qu'il s'agit de mon père. Un frisson glacé me parcourt. Je ne comprends pas ce que mon père fait sur ce parking à tenter d'arracher la tête de Tony. Pourtant, cet homme ne ressemble en rien à mon père. Il n'a ni sa corpulence, ni son visage, ni son regard, ni sa voix. Ce n'est pas mon père, c'est un étranger. Ce n'est pas lui que j'ai reconnu, c'est sa fureur : la colère habituelle des hommes habitués à se faire obéir.

Cet homme – je le comprends immédiatement – aimerait nous briser. Il s'apprêtait à frapper Tony. Il aurait frappé un gamin parce que celui-ci venait de dérober pour cinq ou six euros de nourriture.

Connard, je hurle,
son poing part dans ma direction,
je plonge,
le poing frôle ma joue droite,
c'est la première fois que j'ose esquiver.

Du coin de l'œil, j'aperçois Tony qui se dégage, se tord pour échapper à un employé du supermarché qui tente de le ceinturer.

L'homme relève la main pour essayer à nouveau de me frapper.

Il ne s'arrêtera donc jamais ? Il a donc assez de colère en lui pour vouloir massacrer deux adolescents sur le parking d'un supermarché ?

Je lui adresse un doigt d'honneur et on décampe,

savonnettes, on leur glisse des mains,

on court comme des fous,

en passant devant la voiture de l'homme, je donne un grand coup de pied contre la portière,

et Tony dont le tee-shirt dégouline de yaourt pousse un cri sauvage, terrible,

et une alarme dérisoire s'enclenche, la voiture clignote de tous ses feux.

Au passage, j'attrape notre sac et on disparaît vers la mer. Personne ne se risque à nous suivre, on est trop rapides, trop vifs. Les adultes n'ont pas l'habitude qu'on leur résiste. On leur échappe avec une facilité qui m'étonne moi-même. On prend une ruelle, on traverse un parc, on saute une barrière, on emprunte un chemin de terre. On va là où aucune voiture ne passe.

Au bout de quelques minutes, je réalise que Tony pleure.

Je ne trouve rien à dire pour le consoler, il a eu mal, il a eu peur. Je comprends et il sait que je comprends.

On court jusqu'à ce que ses larmes sèchent.

Un peu trop grands, les vêtements flottent comme des voiles sur nos corps. On a volé deux tee-shirts et deux sweat-shirts sur un fil à linge. On s'est changés dans le jardin, directement, laissant nos affaires sales en guise de dédommagement.

J'écarte les bras et le vent se faufile par les manches, le tee-shirt gonfle comme un ballon. Tony court en retrait, il est encore plus muet que d'habitude aujourd'hui. Ce matin, on s'est posé la question de donner de nos nouvelles à sa famille. Il a préféré ne pas appeler Klara. *Moi, je vais bien, il a dit, c'est pour eux que j'ai peur.* Depuis, on avance dans le silence.

Les mouettes ont déserté le ciel gris, les nuages sont comme suspendus dans l'inquiétude d'un orage à venir. Je rabats mes bras pour que le vent cesse de me ralentir. De là où on est, on peut voir la mer : une infinité d'encre noire en mouvement. Je cherche et je ne trouve aucun souvenir heureux lié à la plage. Aucun souvenir avec mes parents, je veux dire.

On double deux femmes en survêtement qui font leur jogging. Elles poussent un petit cri de surprise, elles discutaient en courant et ne nous ont pas entendus venir. Elles ont l'âge de ma mère, je crois, sauf que ma mère ne fait pas de sport, n'a pas d'amie avec qui bavarder, n'ira pas au bord de la mer sans être accompagnée de mon père.

Pardon, s'excuse Tony en riant. Elles nous répondent d'un geste de la main.

En courant, je repense à mon grand-père, le père de ma mère, Édouard. Quand j'étais tout enfant, j'allais parfois en vacances chez lui, pas longtemps, deux ou trois jours. Je ne sais pas pourquoi je pense à lui. Il est mort quand j'avais sept ou huit ans et il n'habitait pas au bord de la mer.

Je l'aimais bien, c'est tout.

Je me demande où sont les grands-parents de Tony. Les connaît-il ? Vivent-ils encore, quelque part, à des milliers de kilomètres à l'est d'ici ?

Je repense à mon grand-père et je réalise que

je n'ai plus d'autre image de lui que celles figées sur les photos. Il est pour l'éternité assis sur une chaise de plastique blanc au-dessus du crochet où on suspend les clés. Il est coincé entre les pages des vieux albums de famille. Les photos numériques qui avaient été prises avant sa mort ont disparu lorsque le disque dur de l'ordinateur a grillé.

Je n'ai pas perdu que le souvenir de son visage, si je veux être honnête, je dois reconnaître que j'ai oublié aussi la musique et le timbre de sa voix.

Bordeaux, je pense. On court vers Bordeaux, la ville de mon grand-père. C'est normal que son souvenir me visite. J'y suis allé quatre ou cinq fois, je suis certain de pouvoir retrouver l'endroit où il vivait, près de la basilique Saint-Michel. Mon grand-père, je l'aimais bien. Les choses étaient simples, avec lui : on se promenait en ville, on allait faire les courses le matin au marché des Capucins. Il me laissait regarder la télé aussi longtemps que je voulais. On parlait peu. Il n'avait rien d'extraordinaire à m'apprendre, mais il était doux. Et il ne s'énervait pas, même le jour où j'avais cassé une petite horloge posée sur le montant de la cheminée. J'étais parti me cacher dans la chambre, il m'avait rejoint, m'avait demandé ce qui s'était passé. Je tremblais, je ne savais plus, j'avais dû faire un geste trop brusque, levé une main trop haut, j'avais heurté l'horloge, elle s'était brisée au sol. Et il avait su trouver les mots pour m'expliquer que ce n'était pas si grave. Qu'il n'y avait aucune raison que je me mette dans cet état pour un simple objet.

Le chemin s'écarte pour contourner un îlot de maisons avant de redescendre vers la mer. J'avance mécaniquement. Parfois, j'oublie presque que je cours. La fatigue m'hypnotise. Je peux partir loin dans ma tête en abandonnant mon corps à mes jambes : elles savent faire, elles sont devenues expertes en course à pied.

Tout là-haut, les nuages s'accumulent dangereusement. Il va falloir songer à un abri, je me dis. Une goutte large comme une pièce de monnaie s'imprime sur le trottoir, suivie d'une deuxième, et c'est le déluge.

En un instant, l'océan disparaît derrière le rideau de la pluie. Je suis instantanément trempé jusqu'au slip. Je regarde Tony et je vois ses cheveux blonds plaqués sur son front et j'éclate de rire et Tony rit avec moi.

La violence de l'averse nous lave l'un et l'autre de nos humeurs graves. Le ciel nous balance des claques joyeuses et mouillées. Il décrasse nos idées noires.

La pluie peut bien noyer le monde entier, on nagera. On a tous les pouvoirs, toutes les audaces. On est les plus forts.

On court, dans nos vêtements gorgés d'eau qui ralentissent nos mouvements. On a sauté le repas de ce midi, on transperce le rideau liquide, on avance, on rit, aucune main ne peut stopper notre élan.

Un soir – on court depuis cinq jours –, on repère une vitre fêlée sur une véranda. Le mastic s'effrite, le métal est rouillé. À la première poussée, le verre glisse au sol sans se briser. L'espace est suffisant pour qu'on se faufile à l'intérieur, j'engage ma tête et une odeur terrible me frappe. Je ressors. Tony me questionne à voix basse. Je ne sais quoi lui répondre. Ce n'est pas simplement l'effluve pestilentiel qui m'a bloqué, j'ai un pressentiment. Les cheveux se dressent sur ma nuque. On ne doit pas entrer dans cette maison. Il ne faut pas. Avec lenteur et prudence, j'approche de nouveau mon nez de l'ouverture. La puanteur âcre me suffoque aussitôt. *Ça sent la pourriture*, je réponds. La pourriture et la charogne. Tony s'approche, il renifle. Il s'est à moitié enrhumé à cause des pluies, il me fait signe que tout va bien.

Non.

Ma main sur son épaule.

Quelque chose a pourri là-dedans, une chose terrible s'est produite. Je ne sais pas comment je le sais, mais je ne me trompe pas.

Je fais un pas en arrière, le jardin est ombragé, isolé de tout vis-à-vis par de nombreux arbres. Je ne risque pas d'être aperçu. Je scrute la façade, les volets clos du rez-de-chaussée comme de l'étage. Le chien-assis donnant sur les combles. Les poils de mes avant-bras se dressent à leur tour.

Il ne faut pas, je murmure. *Pas ici*.

Un truc se décompose dedans, un truc oublié, un truc terrible.

J'ai l'impression que la puanteur ne me quitte pas. En cours de sciences, j'ai appris que sentir, c'est recueillir des molécules flottantes dans les capteurs de nos narines. Les émanations se déposent sur les muqueuses olfactives situées à l'intérieur de notre nez. Quand on sent, une quantité infime de la matière sentie entre en contact avec nous. Sentir, c'est comme toucher. Une vague de nausée me parcourt.

Tony me fait signe de me dépêcher, il ne m'écoute pas. Se peut-il qu'il ne ressente rien ? Ni la fétidité de l'air ni ce qui émane de cette villa ?

Non, je ne veux pas, je ne peux pas entrer. J'ai les jambes qui tremblent, je fais un pas en arrière, je relève les yeux et je la vois,

une dame,

une vieille femme,

tout en haut, derrière les carreaux du chien-assis,

une dame qui m'observe et qui est morte,

je le sais,

en une seconde c'est une évidence,

il y a une vieille dame qui est morte dans la maison,

dans sa chambre,

depuis des semaines ou des mois,

comme ces histoires que l'on lit dans les journaux,

les gens sans famille, sans amis que l'on retrouve à l'état de squelette bien après leur décès, bouffés par leurs chats.

Non, je crie presque.

Du doigt, je montre là-haut.

Il n'y a rien.

Rien qu'une fenêtre basse aux vitres sales.

La nuit arrive, la lumière décline, j'ai tout imaginé, je me fais des films, mais il est hors de question d'entrer dans cette maison.

Hors de question.

Je tire Tony en arrière, il ne comprend pas, il me repousse, agacé. Depuis que nous avons commencé à courir, c'est la première fois que nous nous énervons l'un contre l'autre.

Pour rien au monde je n'entrerai dans cette maison, je dis, et je me rends compte que je serre les poings. La journée a été éprouvante. On s'est perdus, on a erré longtemps le long d'une route encombrée et bruyante. On est claqués, on a peu mangé.

Mais je ne peux pas entrer ici, encore moins y dormir.

Tony me regarde sans rien dire. Il repasse la tête par la verrière, renifle, se retourne. Son visage est en pierre. Rien ne vibre dans ses yeux ni autour de sa bouche. Un instant, je me dis qu'il va m'envoyer un coup de poing. Son regard me fait penser au regard de mon père. Puis quelque chose cède en lui.

Comme tu veux, il dit.

Et nous repartons. Malgré notre fatigue, malgré la douleur de nos jambes, malgré la fraîcheur du crépuscule, nous repartons.

Ma nuque me brûle, je sens le poids ahurissant d'un regard dans mon dos, mais je ne me retourne pas. J'ai trop peur de revoir la vieille dame derrière sa fenêtre. J'ai peur de me mettre à hurler. J'ai peur de ne plus pouvoir courir. Je ne veux plus voir la maison. Je ne veux plus y penser.

La nuit sera exécrable, on ne trouvera pas de véritable abri, on ne changera pas nos vêtements, on ne les lavera pas. On se couchera affamés, sales, agacés l'un contre l'autre, sous le balcon en saillie d'un bâtiment municipal. Ce sera une nuit de ressentiments. La toute première.

Des jours sans écran, sans envoyer ni recevoir de messages, sans connexion, sans films, sans lecture, sans école, sans devoirs, sans leçons à apprendre, sans interrogations. Des jours et des jours simplement employés à s'enfoncer plus avant dans les paysages, à contempler les transformations du jour, à envier la vie des nuages. Des jours et des jours à émietter le temps du bout des doigts.

Voilà notre nouvelle vie.

On ne dérobe que le strict nécessaire. Au fil des chemins, on rencontre des gens souriants et on affronte des gens en colère. Je regrette de ne pas avoir pris un stylo et un cahier dans mon sac le fameux matin où on a tourné le dos au chemin du collège. J'aurais pu enfin commencer à écrire ce roman dont je rêve. Le soir, avant de m'endormir dans une chambre qui pue le renfermé ou un garage, je me raconte ce que l'on a vu, Tony et moi, pour fixer les scènes dans ma mémoire en me promettant de les écrire un jour. Ce que j'oublie, je le réinventerai.

À notre étonnement, on tient bon, on avance. Chaque kilomètre est une lutte gagnée. Le paysage s'ouvre à nous. Le chemin sous nos pieds fait partie de nos corps. La lumière découpe des ombres nettes. Ma cheville gauche me laisse en paix, ce n'est pas que la douleur ait disparu, j'ai juste mal partout. Des cuisses aux mollets, mes jambes irradient d'une douleur qui demeure mystérieusement supportable. Je cours et j'écris dans ma tête les chapitres de mon livre.

Je montre à Tony un homme assez corpulent en short qui trotte dans notre direction ; derrière lui, deux caniches tirent la langue. On le croise en le saluant. L'homme est rouge vif, il cherche à nous dire bonjour mais n'arrive qu'à s'étouffer. Les chiens aboient et se lancent à notre poursuite. L'homme est forcé de s'arrêter, il s'étrangle en les appelant. J'ai peur que les roquets ne nous mordent les mollets, on accélère et ils finissent par renoncer. Ce serait stupide de mettre fin à notre course pour soigner la morsure d'un caniche idiot. Rien ne doit nous arrêter. Un instant, je me questionne sur la vie de cet homme, est-il seul avec ses chiens agressifs et ridicules ? Le monde fourmille d'histoires qui ne demandent qu'à être écrites.

L'homme a disparu, loin dans notre dos. De grosses vagues mousseuses roulent jusqu'au rivage. On est seuls le long de cette immense plage : la mer fait son show juste pour nous.

Plus tard, essoufflés, on s'accorde une pause. On s'adosse à un arbre, dans un terrain non clôturé qui ouvre sur l'océan. Je ferme les yeux. J'écoute le vacarme des vagues et la marche du sang dans mes veines.

Qu'est-ce que vous foutez là ? nous surprend une voix. Je sursaute. Un vieil homme maigre et sec, petit et barbu, fonce droit sur nous, les yeux agrandis de colère.

Fichez le camp, vous devriez être à l'école, vous n'avez pas le droit d'être là, pas le droit.

On se regarde, on ne comprend pas. En face de

nous passe un sentier public, on n'a enfreint aucune règle, aucun panneau n'indique que ce champ est privé. L'homme fulmine et nous menace. Il se penche pour ramasser une branche morte, alors on se lève.

On s'éloigne lentement tandis qu'il nous insulte, qu'il hurle de colère. Il a gagné, on ne sait pas quel était l'enjeu, on n'a rien compris, mais l'homme armé de sa colère a gagné.

Des gens transportent en eux des fureurs immenses, venues d'on ne sait où, prêtes à exploser au moindre prétexte. J'aimerais noter cette pensée mais je me fais confiance : je ne vais pas l'oublier.

Le soleil perce les nuages, on a chaud. On reprend la course.

Je ne sais combien de temps encore on continuera. Sans doute aussi longtemps que les muscles de mes jambes seront plus forts que ma peur. Aussi longtemps que l'air parviendra à desserrer le nœud de mes angoisses, que des forces nouvelles viendront repousser la fatigue. On court, on voit des routes et des chemins et des sentiers et des traverses et des rues. On voit le monde si vaste se transformer en traits de vitesse à la lisière de nos yeux. On court, on gagne la lutte contre nos propres forces, on maintient la défaite à distance.

En fin de matinée des hurlements nous stoppent. Un chien s'étouffe de rage. Il grogne de colère, jappe de douleur, aboie, s'étouffe. Il est attaché à un piquet, sans laisse, sans chaîne ni corde, le collier directement tenu par un mousqueton. Le chien ne peut pas bouger, absolument pas s'éloigner, ni même se coucher. Lorsqu'il remarque notre présence sur le chemin, il redouble d'aboiements. Il s'étrangle parfois, se tait un instant pour reprendre son souffle. On s'approche de la barrière. Le chien est littéralement cloué au milieu du jardin d'une somptueuse villa. La maison semble déserte. La baie vitrée du rez-de-chaussée est fermée. Les propriétaires sont sans doute partis faire une course.

Qui est assez cruel pour attacher un animal de cette façon ? J'aimerais le libérer, défaire le mousqueton pour qu'il puisse trotter ou s'allonger. Je croise le regard de Tony, il pense la même chose que moi. Sauf que le chien paraît enragé, et qu'il risque de nous mordre si nous tentons de l'aider.

Je ne vois pas de solution. Le simple fait de nous apercevoir proches de la barrière provoque de nouvelles souffrances chez l'animal. Il montre les crocs. Il écume de rage. Il ne comprend pas notre désir de l'aider. Il s'asphyxie. Ses yeux roulent.

Peut-être est-il devenu fou ? je pense. J'ai en tête les images des tortures d'autrefois, les garrots, les piloris, les prisonniers exposés sur les places publiques au Moyen Âge, la tête et les mains emprisonnées entre deux madriers en bois.

La colère monte en moi. Je regarde le chien et je ne peux pas l'aider. Libre, il me sauterait à la gorge. Le désespoir l'a rendu agressif. Je vois ce chien, il a fait sous lui, il pue, sa merde est restée collée à ses poils. Il enrage et je sens monter en moi de la fureur contre les hommes qui rendent fous leurs chiens. J'ai envie de ramasser une grosse pierre et de la lancer sur la baie vitrée.

Je ne le fais pas.

J'ai trop peur qu'une fois les dégâts constatés le propriétaire ne retourne sa colère contre le chien.

On reprend notre course,

des aboiements déchirants nous accompagnent longtemps.

Je me construis des théories stupides, je me dis que si la police nous cherche elle doit penser que nous sommes quelque part en ville ou alors très loin. Pas à deux ou trois petites heures en voiture. Quand on fugue, soit on monte au hasard dans un train pour mettre le maximum de kilomètres entre soi et l'endroit où l'on vit, soit on se cache à proximité.

Je sais bien que ces théories-là ne valent rien. Je souris de ma propre imagination.

On court sous la pluie.

On ne parle plus de téléphoner à Klara pour donner de nos nouvelles.

On avance. Trempés comme une soupe, je pense, c'est une des expressions qui me restent de mon grand-père. Il avait souvent des phrases toutes faites en bouche. Untel était frisé comme un mouton. Un autre grand et sec comme un coup de trique.

Je n'ai pas connu les parents de mon père, je ne sais même pas s'ils sont morts ou vivants, je n'ai pas osé poser la question. Ça paraît fou qu'à treize ans je ne sache rien de mes grands-parents paternels. Un mystère parmi tant d'autres mystères. Juste une blessure supplémentaire causée par le silence.

L'épouse de mon grand-père maternel – je n'arrive pas à dire que c'était ma grand-mère – est morte quand ma mère était petite fille. Un jour, mon grand-père m'a expliqué qu'elle n'aimait plus la vie. J'étais vraiment petit, j'avais cru que l'on mourait naturellement lorsque l'on n'aimait plus la vie. Dans les mois qui ont suivi, je m'étais souvent posé la question : est-ce que j'aimais assez la vie pour ne pas mourir une nuit, dans mon sommeil ? Mais oui, j'aimais la vie. J'aimais ma mère assise devant la télé du matin au soir. J'aimais mon père qui ne me parlait qu'avec le revers de ses mains. Ça me rassurait. Un môme aime ce qui l'entoure. Un môme ne sait pas que d'autres vies sont possibles. Il faut grandir pour se rendre compte que ses parents sont loin d'être parfaits. J'ai vu plusieurs photos de cette dame au visage triste, aux cheveux bruns toujours tirés en arrière. Mon grand-père ne parlait pas beaucoup de sa femme. Peut-être qu'elle lui manquait, même après toutes ces années. En tout cas, il ne s'était pas remarié.

On attend que passent deux voitures pour traverser une route. On sautille sur place pour ne pas perdre le rythme.

Impossible d'atteindre Bordeaux, je le sais. La fatigue ou la police ou un accident nous arrêteront avant. Et puis, on n'a rien à faire à Bordeaux. Depuis la mort de mon grand-père, je n'y suis plus retourné. Je n'y connais personne. Je cours vers une porte fermée à clé mais je n'en ai rien à faire. L'important n'est pas d'arriver, l'important est de courir.

La pêche ne donne rien, fait le vieil homme. *Trop de pluies, trop de vagues. Le poisson ne s'approche pas de la côte.*

Il trimballe tout un attirail de cannes, seaux, épuisette. Il s'est arrêté face à nous, droit dans ses bottes en caoutchouc. Profitant d'une éclaircie, on fait une petite pause. Le vieil homme a envie de parler, il se lance dans un long monologue. On apprend qu'avant il pêchait sur un chalutier, il était simplement employé, faut pas croire, il précise, *je n'ai jamais été à mon compte.* Depuis qu'il est à la retraite, il n'a pas voulu remonter sur un bateau, ça ne lui manque pas. Il pêche de temps en temps, à la ligne. *Parce qu'il faut bien passer le temps*, il ajoute.

Je n'arrive pas à lui donner un âge, il est extraordinairement ridé. Je lui suis reconnaissant de ne pas nous poser de questions. Il a juste envie de raconter, pas d'écouter, on peut bien lui prêter nos oreilles. Un instant, je tente d'imaginer quelle a été sa vie. Marin : le départ de nuit, les filets, les poissons, le retour. Une vie de tangages, de roulis, d'eau salée, de vents, d'écailles. Une vie qui a tanné et fripé sa peau.

Une cigarette, les jeunes ? demande-t-il en nous tendant un paquet, et comme on refuse il ouvre sa besace pour en extraire un paquet de biscuits secs. *Un gâteau alors ?*

C'est la première fois depuis notre départ que quelqu'un nous offre quelque chose. On accepte volontiers. On se force à ne pas manger trop avidement les biscuits. L'homme nous regarde en souriant. Il continue de raconter deux ou trois souvenirs : un chalut qui s'était emberlificoté dans une épave datant de la guerre, une tempête qui avait poussé le bateau jusqu'en Bretagne. Il ne s'assoit pas à nos côtés, il reste là, debout, avec son barda déposé à ses pieds, nous invite à nous resservir, sourit encore. *Faites un sort à tout le paquet*, il dit. C'est la première fois que nous ne volons pas notre goûter, je pense.

Quand le paquet est vide, l'homme le froisse et le balance par terre. Il lève les yeux vers les nuages, déclare qu'il veut rentrer avant que la pluie ne revienne. Il ramasse son matériel, nous souhaite une bonne journée. On le salue, le remercie encore une fois. Il s'éloigne d'un petit pas tranquille. Ce vieux pêcheur ignore qu'il nous a offert bien plus que des gâteaux. On reprend confiance. Avant de repartir, on ramasse l'emballage en riant et on le met dans une poubelle. Notre premier rire partagé de la journée.

Depuis deux jours, il pleut presque sans interruption. J'imagine que l'on offre un triste spectacle. On est piteux : les vêtements trempés, crottés, un sac à dos pour deux, nos visages amaigris et tirés. On macère dans l'humidité. Le soir, on dort à l'intérieur d'une maison isolée en haut d'une petite butte. On l'a repérée de loin, elle présente les caractéristiques idéales de la résidence secondaire déserte et sans alarme. On peine à trouver de la nourriture. Rien dans le frigo, rien dans les placards. On finit par dégotter une boîte de confit de canard que l'on mange sans le réchauffer. La bouteille de gaz sous l'évier rend un son creux. La graisse jaune emprisonne les morceaux de viande comme de la cire. Longtemps, je laisse l'eau couler sur mes doigts pour chasser cette odeur un peu écœurante. Il fait froid dans la maison, très froid, et nous ne dénichons rien d'autre que des couvre-lits sentant la poussière pour nous réchauffer. Enveloppé, tâchant d'oublier les relents de la moisissure, je suis tenté pour la première fois de faire demi-tour. Je n'en dis rien.

S'il est traversé par des idées similaires, Tony ne les partage pas avec moi.

Au matin, nos vêtements n'ont pas eu le temps de sécher. J'explore le salon. Les murs sont couverts de photos, certaines vieilles en noir et blanc aux bords crantés, d'autres récentes en couleurs un peu trop poussées et criardes. Il y a aussi quelques polaroids fanés punaisés sur la tapisserie.

Qui sont les gens sur les images ? Je vois des mines austères mangées par des moustaches, des sourires d'enfants à la plage, des maillots de bain démodés, des silhouettes engoncées dans des combinaisons de ski. Les regards droits vers l'appareil ou – au contraire – surpris, fuyants. Des vies et des vies épinglées sur la tapisserie décolorée. Des joies, des douleurs, des secrets. Je regarde les visages des adolescents, je me demande si certains ont déjà eu envie de fuir, de simplement partir en courant un matin, de croire au pouvoir de leurs jambes. Je me demande s'ils ont connu ce désir de quitter le chemin quotidien pour emprunter un sentier exceptionnel. Je regarde les visages des pères et je cherche à savoir s'ils ont giflé leurs enfants, si la présence de leurs enfants les agace, s'ils aiment crier, humilier, faire peur. S'ils ont la main leste et la baffe facile.

Je n'en sais rien.

Il y a des choses qui ne se voient pas sur un visage. Des noirceurs ou des drames cachés, que la photographie ne saisit pas. Mon père, pour tout le monde, est un homme charmant et drôle, très spirituel.

Il faut partir.

Tony a de profonds cernes sous les yeux, il a maigri. Je vois les os pointer sous ses joues. Je n'ose me contempler dans un miroir, je sais très bien que je dois avoir une mine pitoyable.

Remettre mes chaussures mouillées tient du calvaire. Il serait grand temps que la chance tourne et m'offre une nouvelle paire de baskets, oubliées dans un placard.

On abandonne la maison aux mille photos pour l'air vif du matin.

Le soir arrive, on est épuisés. On court sur un

chemin en terre battue. La pluie a cessé depuis le milieu de l'après-midi. On voit le feu sur la plage, un grand feu vers la droite, en contrebas, avec des silhouettes qui passent et repassent devant les flammes.

Aux panneaux, on sait que l'on approche d'une grande ville : une ville cernée de remparts que j'ai visitée enfant avec mes parents. À mesure que l'on avance, les maisons isolées se font rares. Depuis une petite heure, on cherche sans un mot un endroit où dormir. Je sens que Tony est aussi inquiet que moi à l'idée de ne pas trouver d'abri ni de nourriture.

Tout autour du feu, dans une crique, des gens crient et s'amusent. On entend de la musique. On ralentit et on s'interroge du regard.

Un chien aboie, des rires éclatent. Et on sent venir jusqu'à nous une odeur de grillades. J'ai l'image d'un dessin animé en tête : le fumet de la viande cuite qui avance comme un serpent pour venir pincer les narines de Sylvestre le chat. Nos estomacs choisissent à notre place.

Assis ou allongés sur le sable mouillé, ils sont une douzaine : des garçons et des filles à parts égales, jeunes mais adultes, avec sept ou huit chiens-loups. Ils ont allumé un grand feu avec des branches mortes et des bois flottés. Un caddie sert de grille pour cuire des saucisses. Les chiens qui s'approchent trop près reçoivent des coups de Doc Martens distribués au hasard. Un iPod sur une base nasille du punk rock. Je me demande si on ne devrait pas repartir tout de suite, mais c'est trop tard, ils nous ont vus et nous font signe d'approcher. Un grand type qui embrasse une fille allongée dans le sable se redresse et marche vers nous.

Alors les gosses, il demande, *on se balade ?* Un sourire affleure sur son visage maigre, il a rasé ses cheveux et – çà et là – des croûtes se sont formées sur son crâne. Il porte un tee-shirt crade sous une veste en jean. Il ne m'inspire pas confiance, mais je ne veux pas devenir paranoïaque. Je m'interdis de me fier aux apparences. Mon état ne vaut pas mieux. Je pue autant que lui.

Tony répond le plus directement possible, il dit que l'on a faim. Le grand type nous regarde un instant en silence. Je n'aime pas ses yeux, je n'arrive pas à lire quoi que ce soit sur son visage. Crâne Rasé continue de sourire comme s'il allait mordre. Très lentement, il se détourne et, d'une main, nous fait signe de le suivre. *On a de la compagnie*, il crie, et deux ou trois personnes rient. Les autres ne nous jettent même pas un regard. La fille qui se laissait embrasser sur le sable a des cernes tellement noirs qu'elle semble avoir perdu ses yeux.

À peine assis, on nous donne deux bières. Je n'ai pas envie de boire d'alcool et pourtant j'ai une soif terrible. Dans les maisons que l'on a visitées, souvent, on a trouvé des bouteilles d'apéritif ou de vin. On n'y touchait pas.

Un temps passe, entrecoupé de cris, un type joue à imiter un loup, une fille éclate de rire.

Je suis assoiffé, je n'arrive pas à résister, je bois une gorgée. Tony a presque englouti sa canette d'un seul coup. Des rires encore, et j'ai la désagréable sensation que l'on se moque de nous.

Vous n'êtes pas chez vous à faire vos devoirs, les gosses ? demande un autre type, barbu, sale lui aussi.

Il faut bien travailler à l'école, glousse une fille en treillis.

Sinon papa et maman seront en colère, répond le barbu. Deux chiens se sautent à la gorge et nous délivrent des sarcasmes. Le type et la fille vont les séparer à grands coups de pied.

J'économise ma bière, je ne veux pas me laisser aller. Je regarde Tony et je le sens sur ses gardes lui aussi.

Une fille s'est levée et elle danse lentement, les yeux dirigés vers le ciel. Crâne Rasé, le type qui nous a accueillis, est reparti embrasser la fille allongée.

Un gars avec une crête s'occupe vaguement de la cuisson des saucisses. Il laisse monter très haut les flammes. Je me dis qu'au pire on mangera du charbon.

Une autre fille est accroupie face à nous, les genoux repliés contre sa poitrine, sa robe relevée, et je me force à ne pas regarder le triangle blanc de sa culotte. Elle semble absente. Elle est sur cette plage comme elle serait seule sur une île. Elle ne fait attention à rien ni à personne.

Un couple est étendu sur le sable, ils s'embrassent, roulent l'un sur l'autre, et je n'ose pas trop regarder dans leur direction non plus.

Un autre couple s'approche, le garçon comme la fille portent de longues dreadlocks. Ils nous demandent nos prénoms. *Bastien*, répond Tony. *Lucas,* je mens. J'ai peur qu'ils posent d'autres questions, mais non, ils s'éloignent.

Des cigarettes passent de bouche en bouche, leur odeur n'est pas celle du tabac.

Mon regard revient vers la fille qui serre ses jambes contre son torse. Elle a les ongles noirs, les doigts crasseux, des piercings aux sourcils, à la narine, à la lèvre inférieure. Une bretelle tombée de la robe laisse presque entrevoir son sein droit. Mes yeux lentement redescendent vers sa culotte.

Elle te plaît ?

Je sursaute, c'est le gars au crâne rasé. Je ne l'ai pas entendu approcher.

Tu as de l'argent ?

Je me raidis, je sens Tony prêt à bondir.

Je n'ai pas le temps de répondre, le gars continue sa phrase.

Non, bien entendu, il dit, *tu n'as pas une tête à avoir de l'argent. C'est vous, les gosses que tout le monde recherche, hein ? Elle te plaît, la fille ?*

Je relève les yeux, c'est bien à moi qu'il s'adresse.

Pour l'avoir, faut me donner de l'argent. Si tu n'as pas d'argent, on peut s'arranger autrement.

Tony s'est relevé. Je veux l'imiter, seulement mes muscles ne m'obéissent plus. Je donne l'ordre à mes jambes et mes jambes restent immobiles.

Ce n'est pas la fatigue, je réalise, mais la peur qui me pétrifie, comme lorsque mon père s'approche et que je sais qu'il va me gifler. Je veux fuir mais je reste cloué sur place. Et le type continue de parler, il me dit que je peux rendre des services, que je peux aider, que je peux faire des choses aussi.

Et j'ai envie d'être ailleurs, voilà, être simplement ailleurs. J'ai envie que l'on ne se soit pas arrêtés sur cette plage, que l'on n'ait pas renoncé à la prudence, que l'on soit en train de courir dans la nuit.

Des rires encore.

Si elle entend que l'on parle d'elle, la fille aux jambes repliées n'en montre aucun signe. Elle ne bouge pas, ne tourne pas la tête, ne cligne pas des yeux.

Lentement, en faisant mon possible pour ne pas trembler, je parviens à me lever. Je ne dis rien, je ne sais pas quoi dire.

Brusquement, je réalise que le type avec la

crête – celui qui s'occupait des grillades – est à un mètre derrière moi, il a une sorte de barre de métal dans la main.

Ils ont peur, les poussins, il ricane.

Et le couple qui s'embrassait au sol s'est approché : la fille est hilare, le gars s'amuse à faire semblant de pleurer.

On ne veut rien,

Tony vient de parler,

on va s'en aller.

Je ne sais pas comment il trouve la force d'articuler calmement cette phrase.

Pas si vite, répond Crâne Rasé. *Il faut payer les bières.*

Les aboiements des chiens se mêlent au punk rock qui se mêle aux rires qui se mêlent au passage des voitures sur la route, à cent mètres, à l'autre bout du monde.

Nos parents nous attendent, répond Tony.

Éclats de rire généralisés. Vos parents ? se moque Crâne Rasé. *J'ai vu vos têtes sur les affiches.*

Il y a peut-être une récompense ? dit la Crête.

Foutez-leur la paix, réclame Dreadlocks.

À nouveau un chien aboie.

Crâne Rasé fait un pas dans ma direction. Il est à un mètre. Je sens son odeur : transpiration, bière et shit. Il sourit sans joie, sans chaleur. Il sourit et son sourire me mord. Puis un jet de sable le frappe droit dans les yeux. Il pousse un cri de surprise. Tony jette une seconde poignée de sable vers le visage de la Crête. En se relevant, il avait pris du sable dans ses mains. La Crête a plus de réflexe que Crâne Rasé, il bondit vers moi, mais je réussis à décoller mes pieds du sol. C'est un miracle, j'arrive à bouger. Je ne suis plus paralysé par la peur. Je cours et Tony court avec moi. On esquive une fille. Elle se contente de nous insulter. On court.

Chope-les ! j'entends, et je me souviens des chiens et j'imagine déjà des crocs se planter dans mes mollets, déchirer mes cuisses.

Des hurlements claquent dans notre dos. J'entends aboyer. Je ne me retourne pas. Gémissements d'un chien. J'ose un coup d'œil : Crâne Rasé est à genoux au sol, la Crête n'a même pas tenté de nous poursuivre, il donne des coups avec sa barre de fer au chien qui ne s'est pas lancé à nos trousses.

Les chiens ne sont pas dressés, les chiens ne

savent pas chasser, les chiens n'ont rien appris d'autre que craindre les hommes et se protéger des coups.

On court, on a été imprudents, on fuit, on fonce à en perdre haleine même si personne ne s'est lancé à nos trousses. Ils peuvent encore changer d'avis, ils peuvent encore venir, ils sont adultes, ils sont jeunes, ils ont sur nous l'avantage du nombre et de la force.

Sauf qu'ils sont défoncés et que leur colère se retourne contre eux. On atteint la route quand on les entend s'injurier. Ils nous ont oubliés, ils règlent entre eux ce qu'ils ont à régler.

On court, à bout de souffle, à s'en faire exploser les poumons, à s'en claquer les muscles, on court.

Et la voix de Crâne Rasé passe en boucle dans ma tête.

Au début,

au tout début,

il a dit une chose que je n'arrive plus à oublier.

C'est vous, les gosses que tout le monde recherche ?

On court.

On nous recherche.

Tout le monde nous recherche.

On court dans la nuit.

Il faudrait que jamais le jour ne se lève.

LE DERNIER JOUR

Le ciel pâlit après une éternité de crampes et de grelottements. On n'a pas trouvé de maison vide. On est presque en pleine ville, les logements sont occupés, l'espace est saturé. Hier, on a vu les lumières bleues des écrans télé au travers des rideaux. À bout de forces, on a escaladé le grillage d'un parc, on s'est glissés au cœur d'une haie. On a attendu le jour, on avait froid. L'humidité n'a pas eu de mal à percer nos vêtements crasseux pour venir poisser notre peau et glacer nos os. Le parc nous a semblé la meilleure solution. Les rues n'étaient pas menaçantes, pas inhospitalières, mais on ne voulait pas prendre le risque d'autres mauvaises rencontres. Pour la première fois, on avait été naïfs sur la plage. On était passés à deux doigts d'une chose terrible. On devait se ressaisir. Toute la nuit, on a écouté rouler les voitures, sonner les heures, les demies et les quarts à l'église proche – on avait essayé d'y entrer, les églises sont verrouillées la nuit. À un moment – je ne sais pas quelle heure il était –, je crois que j'ai commencé à m'endormir, parce que des cris m'ont réveillé. Des gens sur le trottoir, revenant d'une fête. Des musiques fortes circulaient au loin : grondement des basses d'autoradios. Un instant, j'ai entendu des ronflements, Tony dormait.

Le jour se lève dans un brouhaha de circulation et de passages de bus. Les gaz d'échappement envahissent notre cabane végétale. J'ai faim, j'ai terriblement faim.

Le jour se lève et – avant même de quitter le parc – je sais que ce sera un jour sans magie. Gris et bas, le ciel prend directement appui sur nos épaules. On saute le grillage et on tombe face à un groupe d'adolescents. On entend des rires. Le mot *clochard* aussi, nettement perceptible, se détache des moqueries. Je les regarde, ils ont notre âge, ils ont leurs sacs pleins de cahiers et de manuels. Ils sont propres, ils ont déjeuné, ils se sont lavé les dents, ils ont appris leurs leçons. Ils vont se tasser sous un abribus. Une publicité pour une assurance montre une famille heureuse. Sur l'affiche, les gens sont blonds. Ces gens ne sont pas menacés d'expulsion, le père blond sourit à sa petite fille blonde, il ne lève pas la main pour la dérouiller pendant que la mère regarde ailleurs.

Les collégiens continuent de rire en nous observant.

J'ai froid et mes muscles sont des branches nouées qui refusent de s'assouplir. Une ville est plus hostile qu'un village. On réalise qu'il nous faudra de longues heures avant de parvenir à nous extraire de ses méandres.

Je vacille, me rattrape au grillage du parc. Je dois manger quelque chose. Mes vêtements poissent, ils collent à ma peau avec l'humidité. Je cherche le regard de Tony sans le trouver, les cernes creusent son visage.

De l'autre côté de la rue, une boulangerie. Les trottoirs grouillent de monde. Encore une fois, on n'a pas besoin de se parler, on comprend les risques : un valeureux passant qui s'interposerait et ferait justice en nous arrêtant. Mais la faim nous tiraille. On décide de tenter le coup, on traverse.

Au moment d'entrer pour voler un pain au chocolat, je vois une chose qui me sidère :

une affiche,

et sur l'affiche :

nous deux,

nos visages,

nos noms,

et la mention : disparus,

un numéro vert mis en place par la gendarmerie.

Tony sent ma tension, il suit mon regard.

Son portrait est plus récent et plus ressemblant que le mien. Pour moi, mes parents n'ont trouvé qu'une vieille photo.

Je reste bêtement planté devant l'affiche. J'en revois de semblables, sur les aires d'autoroute, signalant des adolescents fugueurs ou enlevés.

On nous recherche.

C'est ce qu'avait dit Crâne Rasé hier.

On nous recherche.

Soudainement, j'ai l'impression que tous les regards se portent sur nous. Deux garçons puants, affamés, non lavés, on attire l'attention. C'est comme si on brillait dans le noir. Je suis persuadé que tout le monde dans cette rue nous a repérés et s'apprête à nous dénoncer. Les dames, les hommes, les collégiens, les automobilistes, le facteur avec son chariot à sacoches, la mère avec sa poussette, les jardiniers de la commune dans le mini-camion d'entretien : tout le monde doit nous avoir reconnus.

Vite, on s'éloigne sans avoir tenté de voler quoi que ce soit. Comment faire pour dissimuler son propre visage ? J'imagine des bandages et – aussitôt – je me dis que les bandages attireraient encore plus l'attention. Nous sommes trop jeunes pour nous cacher derrière une barbe. Mon visage ne m'appartient plus, il est devenu une chose publique, exposée, mise à prix. *Wanted.*

Comme dans ce cauchemar que j'ai fait deux ou trois fois, j'ai l'impression de marcher nu en pleine rue.

Chaque personne occupée à téléphoner devient une menace.

C'est à peine si mes jambes me portent. Mes

muscles sont en bois, ils résistent, grincent, protestent contre l'effort. Tony boite. Je le remarque d'un coup. Depuis quand boite-t-il ? Son visage est fermé, douloureux.

Je crois que nous sommes arrivés au bout de la course et je ne veux pas qu'elle s'achève de façon aussi stupide. Je ne veux pas de défaite. Je veux que l'on gagne, on doit gagner.

C'est à ce moment-là que j'ai une idée un peu folle, mais pas plus folle que notre course. Je m'approche de Tony et je lui raconte ce que j'ai en tête.

Prêt à m'enfuir à toutes jambes, je demande notre chemin à un passant. Il me répond après un temps d'hésitation. Il n'a pas l'air méfiant ou surpris. Je commence à me détendre, nos visages ont beau être scotchés sur les vitrines des commerces, on peut compter sur l'indifférence du monde.

On progresse vers le centre-ville. Les gens nous ignorent superbement. Deux gamins disparus dans une ville située au nord, personne ne prête attention à notre présence. Les gens ont des soucis bien plus graves en tête. Ils ne voient pas combien nous puons et à quel point nous sommes sales. Aujourd'hui, le moindre pas m'arrache un gémissement. Tony marche lentement, sa claudication m'inquiète. On a tenu jusque-là pourtant, on a tenu bon sans vaciller, sans flancher, et – brusquement – toute la fatigue de ces jours de course nous a rattrapés. Il a suffi d'une mauvaise nuit, de deux repas manqués. On peut sauter longtemps au travers d'un cerceau enflammé sans se brûler, et un jour l'accident survient. On n'a plus aucune force. On clopine comme deux pauvres égarés. La ville s'agite tout autour : embouteillages, gens pressés, scooters et vélos, écoliers et livreurs. Un instant, on contemple un camion, bâche ouverte, livrant des marchandises dans une épicerie. On voit les cartons, ils contiennent certainement des choses à manger. On a faim. On n'est plus en mesure de courir à toute vitesse. Le manutentionnaire aurait vite fait de nous attraper par le col.

Je peine à actionner mes cuisses de pierre. Je respire des silex. Du gravier coule dans mes veines. Mes bronches se resserrent. Elles m'ont pourtant laissé en paix durant des jours.

Je siffle comme une cocotte-minute, je dis.

Non, répond Tony, *comme un train.*

On n'arrive même plus à sourire de nos plaisanteries.

En ville, on oublie de regarder le ciel, les immeubles le cachent, les vitrines et les façades et l'animation détournent les pensées de ce qui se passe tout là-haut. Je fais une pause, je lève les yeux. Il est magnifique, infini, bleu et libre. Les nuages n'ont pas de point de côté ni de douleurs dans les chevilles, ils planent, ils glissent librement de la mer vers les terres.

D'une main sur mon épaule et sans dire un mot, Tony me ramène au sol. Trois policiers sur le trottoir marchent dans notre direction. Coupe-vent bleu foncé, matraque et arme à la ceinture, chaussures montantes. On se retourne, une rue s'ouvre à gauche, on s'y engouffre. Dès que l'on a tourné, on arrive encore à trouver en nous la force de courir.

Pas maintenant,
pas nous faire arrêter maintenant,
ce serait idiot et inutile.

Surtout que l'on a pris une décision importante.

On doit rester sur nos gardes. On doit parvenir à notre but en passant inaperçus.

J'aimerais me fondre dans la foule, être écolier parmi les écoliers, homme parmi les hommes, promeneur anonyme, vieil homme au pas ralenti, éboueur, n'importe qui d'autre que moi, un visage gommé jusqu'à l'absence.

Avec Tony, on a trouvé un but à notre course. On a parlé tout à l'heure. On sait maintenant où l'on va. On veut y parvenir, franchir la tête droite la ligne blanche d'arrivée.

D'autres policiers plus haut, visibles de loin. On les contourne, on bifurque, on reste sur nos gardes.

La fatigue, je ne la sens presque plus, je suis passé au-delà. Dans un monde délavé et fade que je traverse avec prudence.

À l'accueil, la réceptionniste nous fait répéter. On la met mal à l'aise. Elle ne veut pas nous laisser passer ni appeler quelqu'un. On a traversé toute la ville avec la peur d'être arrêtés juste avant de parvenir dans cet immeuble, la réceptionniste ne va pas nous empêcher de toucher au but.

Un journaliste, je répète. *On veut parler à un journaliste de la rédaction.*

On est dans le hall d'un grand quotidien régional. Son logo – énorme – trône au-dessus de la tête de la femme qui s'obstine à ne pas vouloir nous laisser passer.

Dans mon dos, Tony s'éloigne, va vers la vitrine, arrache l'affiche où sont imprimés nos deux visages, revient et – sans un mot – pose l'avis de recherche sur le comptoir.

Les yeux de la réceptionniste passent de l'affiche à nos visages et de nos visages à l'affiche.

Antoine et Tony. Tony et Antoine.

Elle ouvre la bouche, renonce à ce qu'elle allait dire, décroche un téléphone et appelle le rédacteur en chef.

On a gagné, je pense, on a gagné la course. Et à cet instant un terrible vertige manque de m'envoyer au sol. Je croise le regard de Tony, il est gris comme le mien, pourtant une joie brûle sur son visage.

On prend un gros risque, on le sait.

Les portes de l'ascenseur s'ouvrent, trois personnes entrent dans le hall et nous assaillent de questions. L'un d'eux, le plus jeune, prie les deux autres de se taire.

Vous avez faim ? il demande, et très vite on se retrouve à l'étage, dans une salle de réunion, devant deux grands chocolats chauds et un panier de viennoiseries.

C'est parti,

on mange lentement,

et on raconte,

les journalistes ont déposé deux enregistreurs

en face de nous pour ne pas perdre une miette de ce que l'on dit,

un photographe arrive essoufflé et – sans nous adresser la parole – commence à nous mitrailler,

on sourit,

la course, on l'a gagnée tous les deux,

ensemble,

on ne saura pas lequel court le plus vite,

et on ne veut pas le savoir,

puisque l'on courait l'un avec l'autre, en équipe.

On vient de franchir ensemble la ligne d'arrivée.

L'histoire pourrait se finir là, alors que l'on mange un troisième ou un quatrième croissant, et que l'on répond aux questions la bouche pleine. Il faudrait dans la vie pouvoir faire des fondus au noir, comme au cinéma. Un fondu avant le retour au réel, avant que mes parents débarquent, avant qu'il faille rendre des comptes.

Seulement, la vraie vie, ce n'est pas du cinéma, alors il faut que je raconte cette histoire jusqu'au bout.

Deux jeunes garçons courent pour le droit d'étudier et de grandir en France, titrent les journalistes. En dessous, il y a une photo de nous, prise dans la salle de rédaction, avec nos yeux creusés et nos mines fatiguées. Heureusement, on ne devine pas que l'on a des miettes de croissants plein la bouche.

Sous la photo il est écrit : *Les deux adolescents ont parcouru trois cent quatre-vingts kilomètres en une semaine*. Dans l'article, on est surnommés *les fugueurs marathoniens*. Une carte permet de visualiser notre itinéraire : un trait rouge qui ne raconte rien de la fatigue, de l'angoisse et de la joie. Et les choses s'emballent à une vitesse prodigieuse. Dans les jours qui suivent, on devient des stars.

Les journalistes écrivent que nous courons contre les politiques de reconduite à la frontière. Les associations nationales brandissent notre course comme un drapeau. Tous les dirigeants de tous les partis politiques improvisent des conférences de presse pour parler à notre place. Nos visages apparaissent en ouverture des journaux télévisés du soir.

Les choses se produisent à toute vitesse : sitôt notre témoignage délivré, la police vient nous chercher au journal pour nous conduire à l'hôpital. On apprend que nos familles sont prévenues et que le ministre de l'Intérieur est en route pour venir nous rencontrer. L'inspecteur qui nous explique ça est très calme et souriant. On s'attendait à ce qu'il nous fasse la morale. Il n'ajoute rien, il paraît aussi embarrassé que nous.

On reste en isolement une journée pour qu'un médecin nous examine avant que nos familles puissent nous voir. Les caméras patientent sur le parking de l'hôpital. Depuis la fenêtre de notre chambre, on observe les camions-studios des télés, les voitures des radios. Dès qu'une personnalité pose un pied sur le bitume, elle doit se tailler un chemin dans une forêt de micros.

Dehors, sur le parking, des représentants d'associations enchaînent les déclarations et les conférences de presse.

Quand je repense à cette journée, j'ai l'impression d'un rêve. La course, elle, est réelle. La douleur dans mes jambes, aussi, tout comme l'immensité du ciel et la puissance de la mer. Le reste – la presse, l'agitation, les dizaines de personnes qui viennent nous féliciter ou nous engueuler gentiment –, cela paraît totalement imaginaire. Tout un monde s'agite autour de nous et on est simplement épuisés.

En quelques heures, Tony devient le symbole des erreurs d'une politique trop rigide de reconduite à la frontière. Et moi, celui de l'entraide et de la solidarité.

Un moment, on nous annonce que le président de la République viendra nous rencontrer. L'idée flotte dans l'air, ajoute de la tension à l'électricité ambiante. Au final, on apprend qu'il ne peut pas se libérer, il doit se rendre à un congrès aux États-Unis.

Le médecin diagnostique une légère sous-alimentation, il soigne nos pieds échauffés par la course, une ampoule crevée qui commence à s'infecter sur le talon droit de Tony. À part ça, il nous trouve en grande forme. *Les vertus du sport*, il plaisante.

Le ministre fait un passage éclair dans notre chambre, il nous serre la main, il nous demande comment nous nous sentons. Il est accompagné de quatre équipes télé. Il relit une petite fiche, se tourne vers les caméras et déclare que le cas de la famille de Tony sera réexaminé. Grave, il nous tient un discours sur les lois de la République, sur l'impossibilité pour la France d'accueillir le monde entier. Il nous met en garde contre les risques que nous avons encourus. Et il finit par promettre à Tony qu'il pourra grandir en France avec sa famille et y suivre des études.

Avant le ministre, un commissaire est passé nous voir, il nous a posé quelques questions sur la manière dont nous avions vécu pendant une semaine, il a demandé où nous avions dormi et comment nous avions mangé. Nous sommes restés assez flous sur ces points. Il nous a dit qu'aucune plainte n'était enregistrée contre nous et que nous étions de sacrés coureurs. Une moyenne d'un peu plus de cinquante-quatre kilomètres par jour, sans un sou en poche. On se demandait s'il nous félicitait vraiment ou s'il tentait de nous faire avouer des choses. On n'a pas répondu. Et il nous a laissés. Bien plus tard, j'ai compris qu'il était sincèrement admiratif. On n'a plus entendu parler des quelques vitres qu'on avait cassées et des vols qu'on avait commis dans les supérettes.

Nos familles arrivent aussi, forcément. C'est plus compliqué à raconter. L'émotion, les larmes, la gêne. Les grands cris de joie du côté de Tony. Les larmes silencieuses de ma mère de mon côté. Et le regard comme perdu de mon père. Un regard en détresse. Un regard de peur. L'évidence me frappe : mon père a peur de moi. Je suis entouré de policiers, d'un commissaire, même d'un ministre. Mon père se tait, il se fait le plus petit, le plus discret possible. Il ne sait pas où mettre ses bras. Il les noue et les dénoue sur son ventre. Mon père a peur de ma parole, de ce que je pourrais raconter. Pour entrer dans l'hôpital, il a été escorté par des policiers au milieu des micros tendus et des caméras. Il sait ce que je suis capable d'accomplir d'un seul mot. Il me suffirait d'ouvrir la bouche, de dire qu'il me frappe souvent, pour provoquer une avalanche.

Des années que j'encaisse les coups, et je comprends que maintenant c'est moi qui peux les donner.

Dans notre chambre, on pleure, on se serre dans nos bras, on se calme un peu quand des journalistes ou des policiers passent. La mère de Tony embrasse mon front. Son père me serre la main, se trouve idiot d'accomplir un geste aussi mécanique, se penche vers moi et me serre contre lui. Et moi je me mets à rire. Je ris. Je ris tellement fort que Tony – contaminé – rit à son tour, que son père et sa mère rient, que l'infirmière ouvre la porte et rit de nos rires et que ma mère cherche autour d'elle ce qu'elle doit faire et que mon père finit de disparaître, quelque part, dans un trou misérable, creusé entre sa peur et ses remords.

Mon père n'a plus levé la main sur moi. On n'a jamais parlé de ce qui se produisait avant la course.

(LE DÉBUT DU RESTE DE LA VIE)

Dès que la télévision s'en mêle, tout se transforme. Dans les jours qui ont suivi, le père de Tony a reçu plusieurs offres d'emploi, il n'avait que l'embarras du choix. Il a également reçu un long dossier à remplir pour sa régularisation et celle de sa famille.

Au collège, le principal nous a convoqués, on n'en menait pas large en entrant dans son bureau. Il s'est levé, il est venu nous serrer la main – c'est fou, le nombre de mains que l'on a serrées depuis cette histoire. Il nous a invités à nous asseoir et il nous a félicités. Puis, comme on commençait à se détendre, il nous a dit qu'il ne pouvait pas passer l'éponge sur nos absences. On a été collés plusieurs mercredis de suite pour avoir séché les cours, mais nos professeurs ont profité de ce temps pour venir nous parler. En fait, surtout pour venir nous écouter raconter notre course.

Les articles de presse nous concernant ont été découpés et placardés dans les couloirs du collège.

Il reste une dernière chose que je n'ai pas racontée, une petite chose qui paraît sans importance après toute cette histoire. Le soir où nous sommes rentrés, Tony et moi, après notre séjour à l'hôpital, un comité d'accueil nous attendait au pied de l'immeuble. Il y avait Jordan, le frère de Tony, Klara aux yeux rougis par les larmes, Thomas, un bras enroulé autour de la taille de Klara, Julie, sa sœur, et Elliot, un gars qui est au collège avec nous, dans une autre classe, et qui est un peu bizarre : une rumeur court à son sujet. Il aurait vu une soucoupe volante. Les rumeurs imbéciles, je n'y prête pas attention.

Il ne s'est rien passé d'extraordinaire, c'est pour ça que j'ai du mal à raconter ce qui m'a touché dans ce comité d'accueil. Simplement, ils nous attendaient. Je revois la scène : ils nous applaudissent quand on descend de voiture. Tony court dans les bras de sa sœur. Je reste quelques pas en retrait, je lève les yeux et je contemple l'immeuble. Le ciel par-dessus est aussi beau qu'au bord de la mer : nuageux, moutonneux, chargé, perforé çà et là par des rayons de lumière.

À cet instant, je réalise que je rentre à la maison. Je sens un picotement étrange dans mes yeux, une brûlure. Alors je comprends que je pleure. De joie, d'émotion, de fatigue, de soulagement, je ne sais pas. Je pleure. C'est la première fois. Je n'ai pas pleuré à l'enterrement de mon grand-père, pas plus que lorsque mon père me donnait des coups. Me sentant bête, j'essuie mes larmes. Klara s'approche et me prend dans ses bras à son tour. Une seconde, je tombe follement amoureux d'elle, sauf qu'elle est vraiment trop grande, que Thomas nous regarde en souriant, et qu'elle est la sœur de mon meilleur ami. Ça fait beaucoup d'impossibles, tout ça. J'en profite pour respirer à fond le parfum de ses cheveux.

Ils nous attendent pour nous annoncer la grande nouvelle : le père de Thomas et Julie va organiser un marathon pour les droits des immigrés. « Le marathon Tony et Antoine ». Plusieurs associations le suivent, la presse couvrira l'événement.

Il n'attend que votre accord, conclut Klara.

Je regarde tout le monde, évitant les yeux de Klara de peur de rester coincé, évitant ceux de Julie aussi – je ne sais pas pourquoi, son regard m'a toujours inquiété, cette fille semble télépathe. Je trouve ceux de Thomas.

Vous êtes d'accord ? il demande.

Sans que nous ayons besoin de nous concerter, avec Tony, j'ouvre la bouche et – en même temps que lui – je réponds oui.

À condition, on ajoute en chœur, *que l'on puisse courir tous les deux.*

Du même auteur à *l'école des loisirs*

Collection Médium+

Dans la forêt de Hokkaido

Avec Olivier de Solminihac

Les étrangers

Collection Médium

Plus haut que les oiseaux
Et les lumières dansaient dans le ciel
La plus grande peur de ma vie

Collection Théâtre

Cache-cache

Cet ouvrage a été achevé d'imprimer
sur Roto-Page
par l'Imprimerie Floch à Mayenne
en décembre 2018

N° d'impression : 93526
Imprimé en France